나는 대한민국 경찰 공무원이다

이 책은 2014년 첫 출간된 시점을 현재로 기준을 두고 집필되었으나,
일부 객관적인 통계 등은 2017년에서 2018년 기준으로 재 작성됐음을 알려드립니다.

나는 대한민국 경찰 공무원이다

개정판 1쇄 발행 | 2018년 8월 13일

지은이 | 나상미
펴낸곳 | 함께북스
펴낸이 | 조완욱
디자인 | 페이퍼마임

등록번호 | 제1—1115호
주소 | 10439 경기도 고양시 덕양구 행주내동 735—9
전화 | 031—979—6566~7
팩스 | 031—979—6568
이메일 | harmkke@hanmail.net

ISBN 978-89-7504-702-2   03810

나는 대한민국
경찰 공무원이다

나상미 지음

함께
BOOKS

머리말

평범했던 내가 특별해진 곳, 경찰

어느 날 초등학교에 다니는 딸이 제복을 입고 출근하는 나에게 궁금하다는 듯이 물어 봤다.

"엄마는 꿈이 뭐야? 난 의사가 꿈이야!"

"엄마는 원래 꿈이 경찰이었어?"

나는 대한민국 경찰 공무원이다. 경찰관은 처음부터 되고 싶었던 가슴 뛰는 꿈이 아니었다. 갑자기 어려워진 집안 형편으로 대학교수라는 꿈을 포기하였고, 우연한 기회에 새롭게 내 앞에 나타난 꿈이 경찰관이었다. 대학교수라는 꿈을 접고, 경찰관이라는 꿈을 위해 앞만 보고 달리기 시작했다. 설렘도 떨림도 느끼지 못했지만, 대학교수가 아니면 아무것도 하기 싫다며 울부짖던 내 마음도 어느새 경찰관이라는 꿈을 받아들였다. 시간이 흐를수록 경찰관이라는 꿈은 점점 내 가

습속에 울림을 전했다. 한 번의 좌절을 겪고 드디어 경찰관이 되었다. 생각보다 이른 나이에 안정적인 경찰 공무원이 되었지만, 나는 늘 무언가에 목말라 있었다. 약간은 보수적이고 반복되는 일상이 많은 공무원이라는 직업이 나에게 좀 맞지 않았는지, 아니면 성격이 유별나서인지 10년 이상 근무를 하다 보니 새로운 것에 대한 동경이 시작되었다.

"경찰관인 내가 무엇을 할 수 있을까?"하며, 할 수 있는 새로운 능력을 키워보고 싶었을 때, 마침 특진이라는 영광이 찾아왔고, 경찰 채용 홍보원정대 구성원으로서 활동하게 되었다. 경찰채용 홍보원정대원으로 활동하면서 경찰이 되려는 청춘들과 어떤 직업을 선택해야할지 모르는 이들이 많다는 것을 알았다. 그들에게 작은 도움이라도 주고 싶었다. 내가 겪었던 일을 바탕으로 다른 이들도 충분히 할 수 있다는 것을 알리기 위한 첫 번째 도전으로 이 책을 집필하였다.

경찰관이라는 꿈, 경찰이 되기 위한 눈물겨운 노력들, 경찰관이 되어 겪었던 좌충우돌 경찰생활, 그리고 경찰이 주는 기회를 붙잡아 새로운 것에 도전하고 있는 나를, 여러 청춘들에게 알리고 그들의 꿈에 희망을 주고 싶다.

어떤 사람들은 나에게 이렇게 묻는다.
"혹시 높은 곳에서 일하시는 분 아닌가요?"

나는 강원도 작은 시골 파출소에서 일하는 평범한 여자 경찰관이며, 두 아이의 엄마다. 높은 곳에서 일 하는 사람도 아니고, 특별한 부서에서 일하는 것도 아니다. 하지만 나는 새로운 꿈을 꾸고, 새로운 목표를 정하고, 또 이루기 위해 노력하고 자기계발에 힘쓴다. 그리고 그 목표를 이룰 수 있도록 경찰에서는 많은 기회를 제공해 준다. 그 기회는 누구에게나 공평하다. 경찰관이 되면 그 기회를 쟁취하고 새로운 꿈을 이룰 수 있다.

평범했던 내가 경찰관이 되어 책을 집필하고, 청춘들의 멘토가 되고 더 나아가 강연가가 되어 여러 사람들에게 동기부여를 해주고 싶다는 나의 생각은 새로운 꿈이 되었다.

나는 오늘도 꿈을 이루기 위해 노력한다. 내 이야기를 전하는 동기부여 메신저, 리더십 강사라는 새로운 꿈을 위해 연구하고 노력한다.

이곳 대한민국 경찰에서.

서른여섯, 인생 제 2막을 위해 도전하는 책 쓰는 경찰관

나상미

contents

chapter 2

눈물겹지만 찬란했던 나의 경찰 도전기

chapter 3

좌충우돌 경찰생활

chapter 4

대한민국 최초
동기부여 경찰관을 꿈꾸다

chapter 1

너도 한번
도전해봐!

"제 나이가 36세인데 경찰관이 될 수 있나요?

"키가 너무 작은데, 절 뽑아 줄까요?"

"저는 애 엄마인데, 시험에 응시할 수 있나요?"

"법을 모르는데 경찰관에 응시할 수 있을까요?"

각종 채용박람회나 채용홍보에 갔을 때, 가장 많이 물어보는 질문들이다.

나는 그럴 때마다 늘 이렇게 대답한다.

"네, 모두 응시할 수 있습니다.

건강 상태가 양호하고 사지의 완전성이 충족되면,

지원이 가능합니다."

지금은 경찰이 대세다

요즘 취업난으로 많은 젊은이들이 울상을 짓는다. 초등학교부터 대학교까지 거의 16년에 가까운 시간을 공부 스트레스에 시달린다. 대학에 입학했다는 안도감도 잠시 또다시 취업을 위한 전쟁을 시작해야 한다. '대학'하면 떠오르는 이미지는 '캠퍼스의 낭만'이었다. 그러나 극심한 청년실업으로 인해 '캠퍼스의 낭만'은 '캠퍼스의 전쟁'으로 바뀌었다. 대학생들에게 취업 문제는 인생이 걸린 문제다. 설사 어렵게 취업이 된다 하더라도 평생직장 개념이 사라져 미래가 불확실하기는 마찬가지이다. 그래서인지 대학 도서관에는 취업 시험을 준비하는 학생들이 급속도로 증가하고 있다. 앞뒤·양옆을 확인해보면 열에 아홉은 취업에 대비한 공부를 하고 있다. 그 중에서도 공무원 시험을 준비하는 학생들이 많다.

공무원이라는 직업이 인기 있는 이유는, '정년보장, 안정된 수입'이다. 공무원의 인기는 언론을 통해서도 실감할 수 있다.

다음은 머니투데이의 〈청년들 절반 "국가기관·공기업에 취직할래요."〉라는 제목의 신문기사이다.

'청년들이 가장 선호하는 직장은 국가기관인 것으로 조사됐다. 국가기관, 공기업 등 정부기관을 원하는 응답이 절반에 가까웠다. 또 본인 소득에 만족하는 사람은 10명 중 1명에 불과한 반면 절반 정도는 만족하지 못하는 것으로 나타났다.

청년들, 국가기관·공기업 선호 = 통계청이 내놓은 '2013년 사회조사 결과'에 따르면 직업을 선택할 때 가장 중요한 고려 요인은 수입(37.1%)이었다. 안정성(28.4%)과 적성·흥미(16.6%)가 뒤를 이었다. 10대의 경우 적성·흥미를 우선시했지만 20대 이후에는 수입을 주된 직업 선택 요인으로 꼽았다.

13~29세 청년들이 가장 근무하고 싶은 직장은 국가기관(28.6%), 대기업(21.0%), 공기업(17.7%) 순이었다. 국가기관과 공기업 등 정부 쪽 일자리를 원하는 이가 45%를 넘었다. 연령별로 보면 13~24세의 경우 국가기관 다음으로 대기업을 원한 반면 25~29세는 대기업보다 공기업을 더 원했다. 또 직장에 대한 불안감을 느낀다는 응답이 59.8%였다. 여자보다 남자의 불안감이 더 컸다. 일과 가정 중 일을 우선시한다는 응답이 54.9%였고 가정생활을 우선한다는 답은 11.6%에 불

과했다.'

머니투데이 박재범 기자 기사 발췌, 2013.12.4

많은 구직자들은 안정성이 보장되는 공공기관과 국가기관을 선호한다는 것을 알 수 있는 기사이다. 그중에서도 요즘 인기가 높아지는 직업이 있다. 바로 경찰 공무원이다. 그 사실을 증명이라도 하듯이 2017년 상반기 경찰 공무원 채용 응시율은 평균 117:1의 경쟁률(여경 기준)을 나타냈다. 물론 지역별로 차이가 나겠지만, 일부 지역에서는 336대 1의 경쟁률을 기록했다. 이제는 노량진 경찰 고시학원 등록도 점점 어려워지고 있으며, 근처 고시원을 구하기도 만만치 않다고 한다. 이처럼 경찰 공무원의 문턱이 높아지는 이유는 무엇일까?

첫째, 경찰관은 공무원이다.

둘째, 다른 행정직 공무원과 다르게 여러 과목 중 응시과목을 선택할 수 있으며, 응시 기회가 많다.

셋째, 안정적인 수입과 정년을 보장받을 수 있다.

그리고 마지막으로, 여러 분야에서의 특별채용이다.

경찰 공무원 채용시험 과목의 변화도 무시할 수 없다. 2014년부터는 경찰채용시험에 고교 과목을 추가하였다. 그래서 응시자가 기존 과목과 함께 필수 과목 2과목을 제외한 3과목을 선택할 수 있게 되었다. 이런 응시과목 변화로 인하여 행정직 공무원을 준비했던 수험생들이 경찰채용시험에 도전할 수 있는 기회가 많아졌다. 이는 기존에는 경찰 고유의 채용 과목이 정해져 있었지만, 고교 과목의 도입으로 폭넓게 우수한 인재를 확보하려는데 큰 의미가 있다.

"제 나이가 36세인데 경찰관이 될 수 있나요?

"키가 너무 작은데, 절 뽑아 줄까요?"

"저는 애 엄마인데, 시험에 응시할 수 있나요?"

"법을 모르는데 경찰관에 응시할 수 있을까요?"

각종 채용박람회나 채용홍보에 갔을 때, 가장 많이 물어보는 질문들이다. 나는 그럴 때마다 늘 이렇게 대답한다.

"네, 모두 응시할 수 있습니다. 건강 상태가 양호하고 사지의 완전성이 충족되면, 지원이 가능합니다."

경찰관이라는 특수업무 때문인지 많은 사람들이 이런 부분을 궁금해한다. 기존에는 키(신장)와 나이에 제한이 있었지만, 현재는 그 자격 요건이 많이 완화되었다. 논란이 컸던 키(신장)와 나이 제한은 폐지 또는 완화를 통해 더 많은 수험생이 응시할 수 있게 되었다. 이러한 응시제도 변화로 인해 경찰관이라는 직업의 인기가 더욱 상승하고 있다.

그러나 경찰은 단순히 필기시험만으로 채용되는 것이 아니다. 신체검사와 체력검사, 적성검사와 인성검사 그리고 면접까지 5단계를 통과해야 한다. 단지 시험과목 공부만 잘한다고 모두 합격할 수 있는 것이 아니다. 5단계의 절차를 모두 통과하고, 각 과정별로 배점을 달리해서 상대평가에 의한 등급에 따라 합격할 수 있다. 한마디로, 공부만 잘해서 되는 것이 아니다. 필기시험에 합격하였다 하더라도 5단계의 과정을 제대로 따라가지 못해 최종적으로 불합격되는 경우도 많다. 이 제도 역시 경찰 입직 문턱이 높아지는데 한몫하는 셈이다. 그래도 경찰관을 하겠다는 사람은 점점 늘어나고 있다. 초등학교 한 반 25명 중의 3명은 경찰관이 꿈이고, 중학교 한 반 30명 중 5명은 경찰관이 되고 싶다고 한다. 그러면 과연 고등학생을 대상으로 물었을 때는 어떤 대답이 나올까? 30명 중 8명 이상은 경찰관을 직업으로 선택하고 싶다고 대답했다. 심지어 경찰관이 되고 싶은 학생들이 모이는 동아리까지 생겨나기 시작했다. 동아리에서 서로 모여 경찰이라는 직업에 관해 얘기를 나누고 경찰서를 견학하거나 현직에 있는 경찰관을 만나 미리 진로를 위해 여러 가지를 준비하고 있다. 초등학생까지 꿈꾸고 있는 경찰관은 매우 매력적인 직업임에 틀림없다. 그렇기 때문에 나이·성별을 불문하고 경찰관이 되고 싶은 사람들이 지금 이 시각에도 수험서를 펼치고 있을 것이다.

이제는 경찰 공무원이 대세다. 여러 분야에서 자신의 능력을 발휘할 수 있고, 안정적이며, 멋진 제복을 입어 특별해 보이기도 하는 대한민국 경찰 공무원이 열풍을 일으키고 있다.

그 열풍의 주인공은 바로 당신이다.

경찰, 그들에겐 특별한 무언가가 있다?

사람들은 경찰을 보면 '괜히 죄도 짓지 않았는데 주눅이 든다.'라고 말한다. 그것은 당연한 일이다. 경찰관인 나도 길을 가다 경찰관을 보면 몸이 움츠러든다. 이유는 간단하다. 경찰이 무섭다고 생각하기 때문이다. 그리고 강한 자에게 약하고 약한 자에게 강한 존재라는 인식이 사람들의 머릿속에 자리 잡고 있기 때문이다.

"너, 자꾸 그러면 경찰에 신고한다!" 울고 떼쓰는 아이의 버릇을 고치기 위해 부모들은 아이에게 이렇게 말한다. 그러면 아이들은 언제 그랬느냐는 듯이 울음을 그치기도 한다. 어릴 때부터 경찰은 무섭고, 특별한 사람이라고 알게 된다. 또한, 경찰은 법을 집행하고, 규정과 규율 속의 업무만 해서 온정이라고는 찾아볼 수 없는 사람들이라고 인식되어 있다. 하지만 경찰은 생각보다 따뜻한 사람들이 모여 있는 곳이다.

2013년 11월 어느 날 사이버 경찰청 '칭찬합시다' 게시판에 장애아 아들을 둔 엄마의 감사 편지가 게재되었다.

'저는 지적장애 2급 아들을 둔 엄마입니다. 7월 어느 날 아들이 화재 방화 사건으로 어느 형사님에게 조사를 받았습니다. 어찌나 무섭고 두려웠는지요. 세상은 힘없고 약한 자에게 결코 관대하지 않다고 생각했는데, 그 형사님은 그렇지 않았습니다. 아들이 사리 분별력이 떨어져 저지른 사건이었다는 저의 설명을 끝까지 귀담아들어 주셨습니다. '이런 모습이야말로 진정 국민을 위한 형사님들의 모습이 아닌가!' 하는 생각을 해보았습니다. 이번 일을 겪으면서 그동안 형사에 대한 좋지 않은 선입견을 바꾸게 되었으며, 형사님 덕분에 아들의 사건이 원만하게 처리가 되어 감사의 말씀을 드립니다. 이러한 형사님의 배려는 소외되기 쉬운 우리 같은 장애우 가족에게 많은 위로와 힘을 줍니다.'

담당 형사는 사건을 조사하는 과정에서 장애아의 미성숙한 사리 분별력을 이해하고, 그 가족에게 위로를 해주었다. 담당 형사는 단순히 법을 집행한 것이 아니었다. 귀찮고, 어려운 일일 수도 있었던 것을 외면하지 않았고, 사건이 원만히 해결되는데 많은 도움을 줬다. 사람들이 생각하는 경찰의 모습은, 장애 여부와 상관없이 그냥 법을 집행만 하고 개인의 사정은 고려해주지 않는 냉정한 모습이었을 것이다.

그러나 이 경찰관은 사람들의 경찰에 대한 고정관념을 바꿔주는데 일조를 하였다. 그로 인해, 이 장애우 가족은 경찰에 대한 믿음이 가슴속 깊이 자리 잡았다.

2012년 무더운 여름, 충청도의 한 마을에서 산불이 났다. 산불은 순식간에 온 산을 덮어버렸다. 112순찰 중이었던 한 경찰관이 산불을 발견하였다. 신속하게 화재 현장에 도착하였을 때, 처음 발견한 것은 바로 지칠 대로 지친 할머니 한 분이었다. 화마 속에 뒤덮여 나오지 못하시고 산 중턱에 쭈그려 앉아있던 할머니를 구하기 위해 그 경찰관은 주저하지 않고 곧바로 불 속에 뛰어들었다. 자신의 몸을 돌볼 겨를이 없었다. 할머니의 안위를 위해 더 이상의 망설임도 없었다. 힘겹게 겨우겨우 버티고 계셨던 할머니는 그 경찰관의 손에 의해 절체절명의 위험에서 벗어날 수 있었다. 경찰관의 희생정신과 민첩한 행동으로 할머니의 생명을 구할 수 있었다. 그 후 할머니는 건강하게 잘 지내셨고, 그 경찰관을 '생명의 은인'이라 부르시고 계신다.

이 소식은 twitter를 통해 급속도로 전국의 SNS 사용자에게 전파되었다. 소방관이 아닌 경찰관이 화재 현장에서 요구조자를 구조했다는 소식에 많은 사람들이 박수를 보냈다. 중요 범인을 검거했다는 소식보다 더 칭찬을 받았다. 진정한 경찰의 모습을 보여주었다며, 칭찬을 아끼지 않았다.

2013년 가을, 강원도 철원의 경찰 지구대에 전화 한 통이 걸려왔다. 전화를 건 사람은 대구에 사는 중년의 남자였다. 그 사람은 철원의 지리에 대해 아무것도 모르고 있는 상황이었다. 전화를 걸어온 그는 경찰관에게 자신이 해결하기 힘들다며 간절하게 부탁을 했다. 아버지의 별세 소식을 철원에 사는 어떤 분한테 전해달라는 것이었다. 이름도 모르고 오로지 아는 것은 개를 많이 키운다는 것뿐이었다. 처음에는 황당했지만, 신고를 접한 경찰관은 온 동네를 돌아다녔다. 동네 이장을 상대로 개를 많이 키우는 집을 수소문했다. 그렇게 세 시간을 찾아다닌 끝에 그 남자가 부탁한 사람을 찾을 수 있었고, 별세 소식을 알려드렸다.

사실 이런 전화를 받으면, 경찰관들은 잠시 황당해한다. "경찰이 이런 일까지 해주어야 하나?"하며, 서로 어이없어한다. 하지만 경찰관서에 전화를 해서 부탁하기까지 '얼마나 많은 고민을 했을까?'라는 생각을 하면 그냥 지나칠 수 없는 게 경찰이다. 그런 사소한 일을 특별하게 생각하고 해결해주는 것도 경찰이 해야 할 일이다.

2012년 부산의 한 도로에서 교통 경찰관이 근무를 하던 중에, 운전자가 검문에 불응하고 도망가는 사건이 발생하였다. 경찰관은 주저하지 않고 그 차량 지붕 위로 올라가서 손에 힘을 주고 꼭 붙잡고 있었다. 그 차량 운전자는 경찰관을 떨어뜨리기 위해 급브레이크를 계속

해서 밟았고, 빠른 속도로 운전을 하였다. 그럴수록 경찰관은 떨어지지 않기 위해 더욱더 두 손에 힘을 가했다. '이렇게 죽을 수도 있겠구나.'라고 생각했지만, 포기하지 않았다. 그 경찰관은 두렵고 고통스러웠지만 꼭 잡고야 말겠다는 사명감이 생겼다. 신호등에 멈춘 차량 운전자는 도로에 차를 버려두고 도주하기 시작했다. 차량 지붕 위에서 내려온 경찰관은 도주하는 그를 잡기 위해 추격을 하였다. 쫓고 쫓기는 추격전 끝에 현장으로 출동한 동료 경찰관들과 함께 드디어 그를 검거했다. 마침 현장에 있던 택시의 블랙박스 영상이 많은 사람들에게 퍼졌고, '유튜브'를 통해 세계로 확산되었다. 미국 CNN방송에서는 이 영상을 뉴스 시간에 방영하기도 했다. 경찰관이기 때문에 가능했던 범인 검거의 현장을 생생히 보여주는 사건이었다. 그는 이 사건으로 인하여 '다이하드 경찰관'으로 불리고 있다.

나 역시 경찰관이지만 '과연 내가 그 상황이 되면 그렇게 할 수 있었을까?'라고 스스로 질문을 던졌던, 인상 깊은 사건이었다. 경찰관으로서 당연히 해야 할 일이지만, 자신의 생명을 담보하고 거침없이 행동할 수 있는 것은 경찰이라는 투철한 사명의식 없이는 불가능한 일이다.

2013년 어느 가을, 지방의 한 지구대에서는 큰소리가 오가고 있었다. 술에 만취하여 "경찰 새끼들 다 죽여 버린다."며 고래고래 소리를 지르는 사람이 있었다. 자신이 엄청나게 부자이고, 검찰에 모르는 사람이 없다며 경찰관의 밥줄을 끊어버리겠다고 윽박지르기도 했다. 술 냄새를 풀풀 풍기면서, 침까지 튀어가며 경찰관에게 삿대질을 하고 소리를 질러댔다. 심한 욕을 들으면서도 묵묵히 참고 있는 경찰관에게 그 남자는 계속해서 욕을 했고, 자기가 잘났다고 고래고래 소리를 질렀다. 두 시간이 지날 무렵, 만취자의 가족이 찾아왔고 그 남자는 가족의 손에 이끌려 집으로 갔다.

술에 취해 경찰관에게 말도 안 되는 행패를 부리는 주취자 처리 역시 경찰의 업무이다. 주취자 역시 사람이기에 인권을 무시할 수 없다. 같이 욕을 하지도 수갑을 채우지도 못한다. 모욕을 당하면서도 참고 있던 경찰관은 인내심이 좋아서 참았던 것이 아니다. 국민의 인권을 보호해야 하는 경찰의 사명감 때문에 참을 수 있었던 것이다.

이밖에도 경찰이 하는 일은 일일이 열거할 수 없을 정도로 많다. 항상 새로운 일이 생기고, 뜻하지 않은 위험한 일이 발생할 수도 있다. 사전에 모든 것을 배워서 할 수 있는 교과서적인 업무는 거의 없다. 매뉴얼에 따른 절차는 배울 수 있으나, 상황을 판단하고 대응할 수 있는 능력은 경찰관만이 가지는 고유의 것이다.

경찰관, 그들에게 특별한 무엇이 있는 것은 아니다. 그들의 업무가 특별하다고 할 수도 없다. 다만, 국민이 필요로 하면 언제든지 가장 근접한 곳에서 도움을 줄 수 있고, 어떤 상황에서든 주저 없이 국민의 안전과 사회안녕을 위하여 신속한 행동을 할 수 있는 경찰관의 마음가짐이 특별한 것이다.

경찰관, 그들에게는 법을 집행하는 사람으로서의 특권의식이 아닌 도움이 필요한 사람들에게 도움을 주는 특별한 열정과 에너지가 있다.

기회는 누구에게나 공평하다

"기회는 누구에게나 공평하다. 성공의 비결은 오로지 실행력이다."

주식회사 영산의 장영식 회장의 말이다. 그는 전자제품을 유통하는 사업을 하기 위한 발판으로 손수레에 가전 제품을 싣고 직접 돌아다니며 팔았고, 성실성과 남다른 실행력으로 일본으로 건너가서 짧은 기간에 굴지의 전자제품 유통회사를 일으킨 재일교포 기업가이다. 그는 기회는 누구에게나 항상 공평하게 있으며, 행동으로 옮기는 실행력에 성공의 비결이 있다고 강조한다.

그는 26세의 나이에 단돈 300만 원을 가지고 일본으로 건너갔다. 그는 '기회는 누구에게나 공평하다.'라는 생각으로 어려움을 극복하였고, 발상의 전환을 통해 성공을 했다. 기회는 특별한 사람에게만 존재하는 것이 아니다.

내가 여러 학교에 직업설명회를 나가면, 학생들은 주로 이런 말을 한다.

"전 어렸을 때부터 꿈이 경찰이었어요!"

"경찰을 하려면 싸움도 잘해야 하잖아요. 전 운동을 너무 못해요!"

"전 경찰행정학과 출신도 아니고, 법대생도 아니에요!"

"법을 모르는데 어떻게 경찰을 할 수 있죠?"

"진짜 선생님은 운동 못 하세요? 그런데 어떻게 경찰이 되셨어요?"

"경찰은 아무나 하는 것이 아니에요. TV 보세요. 얼마나 위험한 일만 하는데."

많은 사람들은 경찰관은 아무나 할 수 없다고 생각한다. 법도 잘 알아야 하고, 운동도 잘해야 될 수 있다고 생각한다. 나 역시 23살에 경찰관이 되었을 때 아주 평범한 가정의 딸이었다. 맞벌이하시는 부모님과 오빠 둘이 있었으며, 부유하지는 않았지만 그렇다고 못 사는 집도 아니었다. 공부도 썩 잘하지 못했고, 중·고등학교 때 체육 성적은 늘 '양'이었다. 학교에서도 그리 튀지 않은 평범한 아이였다. 더군다나 어렸을 때부터 경찰관이 되겠다고 준비했던 것도 아니다. 그럼에도 불구하고 난, 경찰이 되었다.

기회는 항상 누구에게나 열려있다. 경찰이 될 수 있는 기회도 마찬가지이다. 연령과 대한민국 국적, 병역관계만 충족된다면 경찰은 누구나 도전할 수 있는 직업이다. 학교 다닐 때의 성적도 중요하지 않다. 단, 할 수 있다는 열정만 있으면 가능하다. 열정은 외모나 스펙보다 앞선다. 경찰은 단순히 공부 잘하는 사람을 필요로 하지 않는다. 경찰에 대한 열정, 의지를 더 중요시한다.

2008년 8월 경찰청은 외사경찰특채로 첫 귀화 경찰관인 '아나벨 경장'을 채용했다. 필리핀 출신의 그녀는 전남에 있는 A 경찰서에서 통역 자원봉사를 하다 외사경찰관 특채에 합격하였다. 합격 후 6개월의 교육을 이수하여 경기도에 위치한 B 경찰서로 발령을 받았고, 현재 그녀는 B 경찰서 한 지구대에서 근무하고 있다. 대한민국 국적이 아니면 경찰관이 될 수 없었기 때문에 그녀는 모국인 필리핀에서 대한민국으로 귀화를 했다. 그리고 외사특채로 경찰관이 되었다. 어느 누구도 귀화 경찰관이 탄생할 것이라는 생각을 하지 못했다. 오로지 그녀는 경찰에 대한 열정과 꿈을 가지고 도전했고 꿈은 이루어졌다. 그녀는 경찰관이 꿈인 청춘들에게 이렇게 말한다.

"기회는 공평합니다. 그러기에 저는 대한민국에서 경찰관이라는 꿈을 이루었습니다. 제가 통역 자원봉사라는 기회를 잡지 못했다면 경찰관이 되겠다는 생각도 못 했을 것입니다. 경찰은 어느 누구에게나 공평합니다. 이룰 수 있다고 생각하면 기회는 스스로 찾아옵니다.

여러분, 꿈만 있으면 이룰 수 있습니다. 기회가 여러분에게 왔을 때 잡으세요!"

성공한 사람이나 여러 분야에서 두각을 나타내고 있는 사람을 보면, 그 사람의 노력보다는 배경이 특별하다고 생각한다. 물론 유복한 가정환경과 훌륭한 부모님에게서 태어나 좋은 교육을 받고 사회적으로 인정받는 삶을 사는 사람도 있다. 하지만 그렇지 않은 사람이 더 많다. 사람들은 공평하게 주어진 기회를 각자 달리 해석하여 받아들인다.

"그건 내 것이 아니야! 내 주제에 그렇게 할 수 없어!"

"이건 내가 할 수 있는 거야! 좋아, 내가 도전해야겠어!"

전자와 후자 중 어느 쪽이 더 후회 없는 삶을 살고 있다고 생각하는가? 당연히 후자일 것이다. 우리는 모두 정답을 알고 있다. 그러나 실행에 옮기지 못한다. 내 꿈이 아니라고, 내가 할 수 없는 거라고 울타리를 세워 놓는다. 그리고 그 울타리 안에서 영원히 빠져나오지 못하는 것이다.

영국의 변두리 지역에서 휴대폰 판매원 생활을 했던 평범한 남자 폴 포츠가 있었다. 그는 16살에 어느 오페라 가수의 CD를 듣고 오페라 가수가 되는 것을 목표로 정했다. 어린 시절 그는, 불룩 나온 배와

못난 외모로 항상 왕따를 당했다. 그는 우연한 기회에 미국의 한 방송국에서 주최하는 '브리튼즈 갓 탤런트'라는 오디션에 참가하였다. 무대에 올라온 폴 포츠를 본 관중들은 비웃기도 하고, 조롱하기도 했다. 심사위원들도 한심한 표정을 지었다. 하지만 그가 노래를 시작하자 심사위원들과 그를 조롱했던 관객들의 표정은 차츰 변하기 시작했다. 곧 그들은 폴 포츠의 풍부한 성량과 목소리에 깊은 감동을 받았다. 그는 이 오디션 무대에서 우승을 거머쥐었다.

폴 포츠가 그 오디션에 참가하지 않았다면, 그의 인생은 지금 어떻게 되었을까? 아마도 영국의 변두리 지역에서 휴대폰을 팔고 있을지도 모른다. 그는 우연히 찾아온 기회를 놓치지 않고 꿈과 열정을 믿고 도전했다. 어느 누구에게나 열려있는 오디션의 기회를 잡은 것이다.

세상은 공평하다. 기회도 누구에게나 공평하다. 단지 그 기회를 어떻게 받아들이고 도전하느냐가 성공의 여부를 결정짓는다. 잡아달라고 스스로 다가오는 기회에 부정적인 생각부터 앞서 벽을 쌓을 필요는 없다. 기회는 생각보다 자주 오지 않는다. 기회가 왔을 때 잡아야 한다.

경찰관이 되고 싶은가? 안될 거라는 부정적인 생각으로 기회를 놓치지 마라. 경찰에 대한 꿈과 열정이 있다면 누구에게나 공평하게 열려있는 경찰의 문을 두드려라. 기회는 당신이 만드는 것이다.

스펙은 필요조건이 아니다

　최근 '스펙 8종'이 유행이다. 스펙 5종은 학벌, 학점, 토익점수, 어학연수, 자격증이며, 여기에 봉사활동, 인턴, 공모전 수상경력이 합쳐지면 스펙 8종이 된다. 심각한 취업난으로 인해 스펙은 필요조건이 되어버렸다. 대학생들은 자신의 전공 공부에 매진하기보다는 스펙쌓기 전쟁터에서 처절하게 사투 중이다. 더 좋은 직장에 취업하기 위해, 그리고 자신의 능력을 인정받기 위해 지금 이 순간에도 시간과 돈, 청춘을 소모하고 있다.

　나는 스펙 8종 중 단 한 가지도 가지고 있지 않다. 그래도 난 경찰관이 되었다. 경찰이 되기 위해 스펙을 쌓아야 한다는 생각도 하지 않았다. 물론 경찰관 채용시험에는 이러한 스펙이 가산점수 역할을 하기도 한다. 하지만 스펙이 없는 것이 경찰관이 되는데 결격사유는 아니다. 이러한 스펙은 경찰이 되어서 충분히 쌓을 수 있으며, 경찰에서는 스펙을 쌓을 수 있도록 많은 도움을 준다. 고졸 출신 경찰관은 대학에 입학할 수 있으며, 일부 학교에서는 경찰관을 대상으로 장학금을 지원하기도 한다. 본인이 원하면 외국어 공부를 할 수 있도록 지원도 해 준다. 또한, 외국어 실력이 우수하고 조건이 충분하면 심사를 거쳐 해외주재관으로 근무할 수 있다. 경찰 관련 업무에 필요한 자격증을 저렴한 비용으로 취득할 수 있도록 지원도 해준다. 최근에는 최상급 기관인 경찰청에서 '경찰청 기획 인재 선발제'를 실시하여 순경 출신들의 능력을 확인해 보는 기회도 생겼다. 그리고 경찰 내부에서 펼쳐지는 각종 공모전은 경찰관이라면 누구나 응모할 수 있다. 굳이 경찰관이 되기 전부터 가산점수를 위한 스펙을 쌓을 필요는 없다. 경찰은 오히려 스펙보다 스토리가 있는 인재를 선호한다.

　서울 A 경찰서에서 근무하는 여자 경찰관이 있다. 그녀는 수사과 경제팀에서 사기범을 조사하는 업무를 하고 있는 형사이다. 그녀의 업무 능력은 매우 탁월하다. 또한 그녀에게는 멋진 스토리가 있다. 그녀는 5개월 전부터 이중생활을 하기 시작했다. 피의자를 조사하는 수사 경찰 업무를 하면서 경찰의 홍보를 위한 모델 활동을 하는 모델 경찰이다. 순경 출신의 그녀는 당시 A 경찰서에서 실시한 홍보모델 선발대회에서 1등을 차지했다.
　경찰이 되기 전에는 그냥 키가 크고 예쁜 당찬 아가씨였다. 모델이 된다는 것은 꿈에도 생각해보지 않았다. 그러나 그녀는 경찰이 되어 또 다른 스토리를 써나가고 있다. 홍보모델 활동은 그녀의 스펙이며, 스토리가 되는 것이다.

서울지방경찰청 5층에는 종합 교통정보 센터가 있다. 이곳에서는 서울 지역의 교통 상황을 모니터링을 하며, 서울 시내의 교통안전과 원활한 소통을 위해 정보를 수집하고 제공하는 곳이다. 이곳에는 특별한 경찰 3인방이 있다. 그들은 바로 '경찰 아나운서 3인방'이다. 이들은 2004년 현직 경찰관을 대상으로 실시한 경찰관 아나운서 선발에서 22대 1의 경쟁률을 뚫고, 당당히 경찰 아나운서가 되었다. 햇수로 9년 차에 접어든 이들은 공중파 방송 뉴스 앵커 못지않은 모습을 지니고 있다. 그들은, 경찰관이 되어 자신에게 숨겨진 능력을 찾아낸 것이다. 그중에는 학창시절부터 아나운서가 꿈인 경찰관도 있었는데, 그는 경찰관 또한 되고 싶었다고 한다. 그는 자신의 두 가지 꿈을 다 이룬 것이다. 그들은 본업인 경찰관을 하면서 '아나운서'라는 스펙을 얻었다. 흔하게 얻을 수 있는 스펙이 아니기에 더욱더 값진 스토리가 되는 것이다.

2003년 김 경사는 우연히 모임에 나갔다가 평소 친분이 있는 지인이 공장에서 일하다 사고가 난 것을 알았다. 지인은 병원에 입원을 하였고 수술을 하게 되었지만 수혈할 피가 모자라다는 사실을 알았다. 수술시 혈액이 필요하다는 말에 혈액형이 'O'형인 그는 주저 없이 지인에게 지정 헌혈을 하였다. 그의 지정 헌혈로 무사히 수술을 마쳤다고 한다. 이 소식이 여러 사람에게 알려져서 '천사 경찰관'으로 불리우고 있다.

천사 경찰관으로 불리우는 그는 이 일을 계기로 헌혈에 관심을 갖게 되었는데, 우리나라가 수혈을 필요로 하는 환자들에 비해 혈액이 절대적으로 부족하다는 것을 알았다. 그리고 봉사하는 마음으로 정기적으로 헌혈을 하였고, 2003년부터 10년 동안 연평균 5회 총 50회가 넘는 헌혈을 하였다. 그는 헌혈을 하기 위해서는 자신이 건강해야 한다는 생각으로 건강관리도 철저히 하였다. 그의 선행이 알려지고 많은 사람들이 관심을 보이며 묻자, 그는 이렇게 말했다.

"남을 돕기 위해 시작한 헌혈이 오히려 제 건강에 도움을 줬습니다. 남도 도울 수 있고, 제 건강도 챙길 수 있으니 일거양득이네요."

김 경사의 헌혈 소식을 듣고 2010년 대한적십자사 총재는 헌혈 유공장 은장을 수여했다. 그리고 그동안 모아놓은 헌혈증은 도움이 필요한 사람들에게 제공하였다. 그는 경찰관이 되어 봉사정신을 더욱 가질 수 있었고 그 덕분에 가슴 따뜻한 스토리를 가졌다. 그 스토리는 그에게 어느 스펙 못지않은 힘이 될 것이다.

2013년 6월 경남 B 경찰서 한 지구대에 술에 취한 아주머니가 찾아오셨다. 당시 근무하고 있었던 경찰관은 늘 그랬듯이 일어나 "무엇을 도와 드릴까요?"라며 맞이했다. 하지만 아주머니는 "음음음" 하며 답답해하셨다. 알고 보니 아주머니는 농아인이었다. 순간 경찰관은 급히 메모지와 필기도구를 준비하여 책상 위에 놓고 아주머니와 마주 앉았다. 글로써 대화를 나눌 생각이었다. 그런데 때마침 순찰 근무를 마치고 돌아온 한 경찰관이 수화를 하며, 아주머니와 대화를 하기 시작했다. 아주머니는 주위에 수화를 할 수 있는 사람이 없어 외로웠다고, 눈물을 흘리며 하소연했다. 외로움을 떨치려고 술을 마셨고 답답한 마음에 지구대를 찾아왔다고 했다. 그 경찰관은 아주머니와 오랜 시간 수화로 대화를 나누었다.

'그냥 울적해서 왔는데, 수화를 하는 경찰관이 있는지는 꿈에도 몰랐네요. 다음부터는 술을 먹지 않고 올게요. 술을 먹고 와서 미안해요. 그리고 정말 고맙습니다.'

그는 경찰관이 되기 전에 수화를 배웠던 것이 아니다. 경찰관이 되어서 국민의 눈높이에 맞는 치안서비스 제공을 위해 수화를 배웠다. 경찰업무에 필요해서 배운 수화로, 청각장애인에게 도움을 줄 수 있다는 것에 감사하고 있다. 그는 이제 '수화 경찰관'이라는 스펙을 가지게 되었다.

이외에도 경찰관이 된 후 본인의 재능을 갈고닦아 스펙을 쌓는 경찰관이 많아졌다. 노래하는 경찰관 '바비문', 뿔 스토리 '강현주',《굿바이 학교폭력》의 저자 '김가녕' 등등.

취업을 위해 준비하는 스펙 5종, 스펙 8종은 막상 취업이 되었을 때 얼마나 활용할 수 있는 스펙인가? 경찰관이 되면, 정말 자신에게 필요한 스펙을 쌓을 수 있다.

아직도 경찰관은 스펙이 있어야 될 수 있다고 생각하는가? 그렇다면 빨리 생각을 바꿔야 한다. 경찰은 일반기업이나 다른 공무원과 달리 스펙이 임용이나 진급에 크게 작용하지 않는다. 언제까지 스펙을 위해 시간과 돈과 청춘을 낭비할 것인가? 이제 경찰에 도전하라! 스펙보다 스토리가 있는 진정한 삶을 살 수 있을 것이다.

진짜 경찰은 이곳에서 탄생된다

　스펙보다 스토리를 갖고자 하는 청춘들, 경찰이 될 준비가 되었는가? 그럼 진짜 경찰관이 탄생되는 곳으로 가보자. 경찰이 될 수 있는 기본 자격을 갖추고, 기회를 잡아 경찰 공무원 시험에 당당히 합격하였다. 그렇다고 국민의 생명과 재산을 지키기 위한 열정만 가지고 바로 현장에 나갈 수 있을까? 아니다. 막강한 경쟁률을 뚫고 시험에 합격하였으니 당장 경찰관이 되어 빨리 일도 하고 돈도 벌고 싶을 것이다. 그러나 바로 현장에 투입되었다가는 산더미 같은 민원에 휩싸이게 될지도 모른다.

　경찰 공무원 채용시험 최종 합격자 명단이 발표되면, 거의 1주일 안으로 해당 교육기관에 입교를 한다. 경찰 대학교 합격자는 당연히 '경찰 대학교'로, 경찰 간부후보생 채용시험 합격자는 '경찰교육원'으로 입교하게 된다. 그리고 경찰의 80%를 차지하는 순경공개채용이나 각 특별채용 합격자는 '중앙경찰학교'로 입교하게 된다. 2001년 중앙경찰학교로 입교했던 날이 아직도 선명하게 떠오른다.

경찰청에서 운영하는 경찰 교육기관은 현재 세 군데가 있는데 경찰대학교, 경찰교육원, 중앙경찰학교이다. 교육기관에 입교하는 순간부터 합격자들은 '교육생'이라는 호칭으로 불린다. '교육생'은 말 그대로 경찰관이 아닌 교육을 받는 학생이라는 뜻이다.

경찰 대학교에서는 해당 교육생에게 총 4년에 걸쳐 교육을 시킨다. 그리고 졸업 후에는 '경위'라는 계급으로 경찰에 입직할 수 있다. 최고의 엘리트, 명문고 출신들이 많이 입학하는 곳이다. 모든 교육과정에 수반되는 비용은 국가가 일체 지원해 준다. 그래서 과거에는 집안 형편이 좋지 않은 학생들이 선호하는 대학교이기도 했다. 하지만 요즘은 집안 형편과 상관없이 경찰 대학교를 목표로 준비하는 사람이 많다. 그만큼 경찰에 대한 직업 선호도가 좋아졌기 때문이다.

경찰 교육원은 해당 교육생을 총 일 년에 걸쳐 교육을 시킨다. 일 년에 두 번 정도 채용을 하는 순경 공채와 달리 경찰 간부후보생은 일 년에 한 번 채용을 한다. 그리고 교육도 일 년 동안 받는다. 이들은 일반 대학을 졸업했거나 고등학교를 졸업한 교육생으로 이루어졌으며, 50명 정도의 소수의 인원을 교육시킨다. 경찰 교육원은 간부후보생의 교육뿐만 아니라, 현직 경찰관의 직무교육을 전담하고 있는 기관이다. 이곳에서 교육을 받는 교육생 역시 교육에 수반되는 일체의 비용을 국가에서 지원한다. 그리고 일 년간 단체 생활을 한다. 경찰 교육원을 졸업하는 교육생은 '경위'로 입직이 된다.

중앙경찰학교는 해당 교육생을 34주에 걸쳐 교육을 시킨다. 드라마 '라이브'에서 교육장소로 등장했던 곳이 바로 중앙경찰학교이다. 이곳은 순경 공채 교육생뿐만 아니라, 각종 특채 교육생의 교육을 맡는 곳이다. 한 번에 교육받는 인원이 천 명이 되더라도 모두 다 수용할 수 있는 규모를 자랑한다. 이곳에서 교육받은 교육생은 34주가 지난 후 일정 점수를 취득하면, '순경'으로 또는 특채는 해당 계급으로 입직하게 된다. 순경 공채 합격 후 처음 이곳 정문을 들어서는 순간, 감동의 물결이 밀려올 것이다.

서로 다른 경로를 통해 경찰관 시험에 최종 합격되었어도 일정 기간의 교육을 받아야만 경찰관이 되는 것은 같다. 교육기관에서 정해놓은 규정과 규율을 위반하거나, 벌점 점수를 초과하였을 경우에는 퇴교 조치를 당할 수도 있으며, 전체 교육시간의 90%이상을 이수하여야만 졸업할 수 있다. 그리고 모든 교육생은 단체 생활을 원칙으로 하며, 휴일, 방학, 외박, 외출 등도 허락하고 있다.

그럼 교육기관에서는 무엇을 하는 걸까? 이들 교육기관에서는 경찰관이 되어 현장에 나가 법 집행을 하고, 업무를 수행하는데 필요한 기본 지식과 소양을 교육시킨다. 교육기관에서 실시하는 각종 교육과정 내용들을 차례차례 알아보자.

- ◆ 제식훈련

- ◆ 체력단련(1,000m 구보, 팔굽혀펴기, 산악훈련 등)

- ◆ 경례연습

- ◆ 보고연습

- ◆ 사격훈련

- ◆ 무도훈련

- ◆ 운전연습

- ◆ 교통 수신호 교육

- ◆ 형법, 형사소송법 등 법률 교육

- ◆ 수사 감식 교육

- ◆ 종교 활동

- ◆ 제복 입는 방법, 사물함 정리 방법, 근무화 닦는 법

- ◆ 교통단속 및 무전연습

- ◆ 인성교육 및 윤리교육

- ◆ 경찰정신 등 교양과목 교육

위의 내용 외에도 많다. 눈이 많이 올 때는 눈을 치우는 일, 이불 정리하는 일, 일조점호, 일석점호 등의 교육을 받는다. 경찰교육기관에서 교육생들에게 먹는 것부터 자는 것까지 철저하게 규정과 규율에 맞게 교육을 시킨다. 교육을 받으면서는 억압된 기분이 들지 모른다.

그러나 졸업 후 경찰관으로 근무할 때, 교육의 중요성을 절실히 느낄 수 있다. 그리고 교육기간 동안 정기적으로 시험을 치르고, 무도 단증을 취득하기 위해 훈련을 받는다. 일정 수준의 시험성적과 단증을 취득해야 졸업을 할 수 있다. 군대를 다녀온 남자 교육생들은 또다시 입대한 기분이라며 별로 좋아하지 않는다. 그렇지만 '군대'를 체험하지 않은 여자 교육생들에게는 새로운 경험이 될 수 있다. 처음에는 힘들지 모르지만, 시간이 지나면 교육생 시절이 그립기 마련이다. 경찰관 채용시험 합격의 기쁨이 채 가시기도 전에 또 다른 시험이 기다리고 있다. 그러나 힘들겠지만, 인내로 그 시험을 통과하면 마음속에는 '열정'이라는 녀석이 어느새 자리 잡고 있을 것이다. 단순히 시험 합격 후에 느낄 수 있던 '열정'과는 확연히 다른 더욱더 성숙한 '열정'과 '자신감'을 얻게 된다. 그리고 좀더 강해진 자신을 발견할 수 있다.

시각과 청각장애를 가졌지만, 좌절하지 않고 끊임없는 노력으로 장애를 극복했던 '헬렌 켈러'의 말을 기억해 보자.

"쉽고 편안한 환경에서는 강한 인간이 만들어지지 않는다. 시련과 고통의 경험을 통해서만 강한 영혼이 탄생하고, 통찰력이 생기며 일에 대한 자신감이 떠오른다. 이 모든 과정 후에 찾아오는 것은 바로 성공이다!"

그들의 훈련 과정을 파헤치다

경찰 교육기관의 훈련은 생각보다 혹독하다. 나는 순경 공채시험에 합격하여 2001년 11월에 중앙경찰학교로 입교했다. 나의 입직경로가 순경 공채이니 중앙경찰학교의 훈련과정을 소개하겠다. 아무래도 경찰의 80%를 배출하는 곳이니 많은 도움이 되리라 생각한다.

제일 먼저 정문에 들어서면 그때부터는 철부지 '나'를 포기해야 한다. 이곳에서는 집에서 부모님께 의지하며 살았던 모습으로 생활할수 없다. 지금도 같을지는 모르겠지만, 처음 모이는 곳은 대강당이었다. 도착을 하면 오는 순서대로 이름표를 받고, 생활 지도관들로부터지켜야 할 규율이나 교육 순서를 설명받았다. 여자 교육생들은 혹시임신한 사람이 있는지 확인했다. 임신한 교육생은 교육을 받을 수 없기 때문이다. 이처럼 교육을 받을 수 없는 상황에 처해있는 교육생들에게는 일 년간의 유예기간을 주기도 한다. 대강당에서의 교양이 끝나면 각자 생활실을 배정받고 원활한 교육생 생활을 위해 '생활 실장'을 선발했다. 한 생활실 당 10명 정도의 교육생이 배정되었는데, 지금은 4~6명 정도의 교육생이 한 생활실을 사용한다. 본인의 교번이 정해지면, 교번 순서대로 생활실이 정해졌다. 각자의 짐을 풀고 서로 인사를 한 뒤, 또다시 생활관 앞마당으로 모인다. 기동복과 신발, 모자를 수령하기 위해 줄을 맞춰 걸어 도착하면, 자신에게 맞는 사이즈의 옷과 신발을 받는다. 그리고 공부를 할 수 있는 교재를 수령하며, 겨울에는 가죽 장갑도 지급받는다. 그리고 훈련이 시작된다.

'제식훈련'이라는 단어는 나에게 익숙하지 않았다. 고등학교 때 실과 수업 시간에 잠시 해본 기억이 있을 뿐이었다. 처음 '제식훈련'을 시작했을 때, 어렵고 힘들었던 기억이 난다. 발을 맞춰야 하고, 우향우와 좌향좌를 구호에 맞춰 몸을 움직여야 하는 것이 이상하기만 했다. 마치 TV에서 보던 북한군의 모습과 비슷했다. 훈련은 계속되었고 교육받은 대로 적당한 높이로 팔을 올리며 열심히 따라 했다. 비가 오면 비를 맞으며 했다. 날씨와 훈련은 아무 연관성이 없어 보였다. 그리고 잘못하는 학급이 있으면 단체 기합을 받기도 했다. 그때는 엄청나게 힘들었지만, 지금 생각하면 참 재미있었던 시절이었다. 여경 생활 지도관이 내 앞에 지나갈 때 코를 찌르던 화장품 냄새가 아직도 남아있는 것 같다. 우리는 그때 제대로 씻지도 못했고, 게다가 화장이라는 것은 다른 세상 이야기였다. 제식훈련은 3주간 진행된다. 제식훈련을 하는 3주간을 '1단계'라고 한다. '1단계' 기간 동안은 외박도 허용이 되지 않는다. 그만큼 경찰 교육기간 중 가장 중요한 단계라고 생각할 수 있다. '1단계'의 교육은 제식훈련을 검열 받으면 끝이 난다. 이 훈련은 경찰의 위엄에 맞는 자세를 위해 꼭 필요한 훈련이다.

'권총'이라는 것은 어릴 때, 오빠들이 가지고 놀던 장난감 권총밖에 본 적이 없다. 경찰 교육기관에서는 실제 권총을 가지고 사격훈련을 한다. 교육생들에게는 사격 훈련이 그리 쉽지만은 않다. 더군다나 실탄을 직접 장전해서 훈련을 하므로 규율이 더 엄격히 적용된다. 사격이라는 것을 한 번도 해보지 못한 교육생들을 위해 이론 수업을 오랫동안 실시한다. 그리고 실탄이 장전되어 있지 않은 빈총을 가지고 파지연습부터 조준연습, 호흡법 등을 교육받는다. 이론 수업이 끝나면 더욱 심한 규율 속에 실탄 사격훈련을 실시한다. 무겁고 커서 손에도 잘 잡히지 않는 권총을 떨어뜨릴까 봐 잔뜩 긴장해 더욱 꽉 잡게된다. 떨리는 마음을 다잡고 숨을 멈추고 격발을 한다. 격발을 하고 나면 희열감과 동시에 안도감이 생기기도 한다. 사격훈련은 졸업하기전 시험을 거친다. 사격 점수가 커트라인에 미치지 못하면 졸업을 할수 없다. 그래서 사격을 잘하기 위해 생활실에서 가짜 권총으로 연습을 많이 하는 모습을 볼 수 있다.

아침 6시가 되면, 기상 음악이 나온다. 기상 음악을 들으면 벌떡 일어나 이불을 개고 부랴부랴 운동장으로 뛰어 나간다. 운동장에는 중앙 경찰학교에서 교육 중인 모든 기수가 다 모인다. 국민 체조를 하고 1200m(운동장 4바퀴)를 발을 맞춰 뛰기 시작한다. 한 학급의 한 명이 구령을 붙인다. 뛰다 보면 숨이 차오르고, 하늘이 노랗게 보인다. 중도에 포기해서도 안 되고, 포기하고 싶지도 않다. 겨울이면 해 뜨는 시각이 늦어 새벽별을 보며 뛰는 것이 이상한 일이 아니다. 2001년 12월에 봤던 새벽별이 아직도 기억에 남는다. 처음에는 비 오는 날을 기다렸다. 비가 많이 오면 운동장이 젖어서 뛸 수가 없다고 생각했기 때문이다. 그러나 우리의 생각은 어김없이 어긋났다. 비가 오는 날이면 운동장 대신 경찰학교의 포장된 도로를 뛰었다. 도로는 오르막길과 내리막길이 있어 오르막길을 뛸 때는 숨이 턱턱 막힌다. 그렇게 힘든 구보도 한 달이 지나면서부터 점점 수월해지기 시작한다. 오히려 "운동이 되어서 좋다."라고 말하는 교육생들이 하나 둘씩 생긴다.

일찍이 경찰관의 꿈을 가지고 있던 교육생 중에는 무도 단증을 하나쯤은 가지고 있다. 경찰이 되기 위한 첫째 조건이 운동을 잘해야 한다는 생각 때문이다. 그렇지만 많은 교육생은 나처럼 운동이라고는 학교 다닐 때 해본 기억이 전부인 사람들일 것이다. 요즘은 가산점을 받기 위해 일부러 단증을 취득하는 수험생이 많다고 들었지만, 전부 그렇지는 않다. 교육생으로서 무도 단증은 졸업을 위한 필수조건이다. 그렇다고 일부러 사회에서 스펙처럼 취득하지 않아도 된다. 왜냐하면, 경찰학교에서 무도교육을 시키고 단증 시험까지 치르게 해주기 때문이다. 교육 기간 동안 유도, 태권도, 검도 중의 하나를 교육생이 직접 선택하고, 해당 종목의 단복을 지급받는다. 무도 훈련 시간에 기초 체력 단련부터 정식 훈련까지 체계적으로 훈련을 받는다. 단증을 취득하지 않으면 졸업을 할 수 없기 때문에 무도 훈련 시간은 어느 교육 시간보다 진지하다. 그런 의미에서 무도 훈련은 새로운 것에 도전하고, 배우는 스펙 중의 하나이다.

경찰관이 되기 위한 필수조건이 하나 있는데, 바로 1종 보통 운전면허를 취득해야 하는 것이다. 그래서 경찰학교에 입교하는 교육생은 모두 운전면허를 가지고 있다. 그러나 교육생들은 대부분 장롱면허이다. 시험을 보기 위한 필수조건이기에 취득했을 뿐, 실제 운전 실력이 좋은 교육생은 많지 않다. 그래서 경찰학교에서는 순찰차량 운전 연습 교과목이 있다. 일반 차량과는 다른 순찰차만의 기능들도 배우고, 실제로 운전 실습을 한다. 이 운전 실습은 실제로 첫 발령을 받아 지구대에 근무하게 되었을 때, 순찰 차량을 직접 운전해야 하는 두려움을 없애준다.

정식 경찰관이 되기까지 훈련 과정을 파헤쳐 보았다. 어느 직업이나 마찬가지지만, 그 분야에서 업무를 수행하기 위해서는 교육이 필요하다. 배우지 않고, 노력 없는 성공은 있을 수 없다. 그래서 제대로 법을 집행하고, 국민의 생명과 재산을 보호해야 하는 경찰관이 될 수 있도록 교육생을 대상으로 경찰 전반에 대한 교육을 하는 것이다. 국가에서 모든 제반 비용을 투자하여 가르치는 이유는 한 가지이다. 경찰이 대한민국에서 꼭 필요한 존재이기 때문이다. 경찰관을 꿈꾸는 당신, 그리고 진로 결정을 하지 못하고 있는 당신에게 묻는다.

"경찰 이 정도면 도전해볼 가치가 있지 않은가?"

경찰이 말하는 경찰

현재 우리나라 직업의 종류는 비공식적으로 2만 개가 넘는 것으로 추정된다. 수많은 직업 중에 공무원이라는 직업은 비교적 보편화되고, 평범한 직업이다. 공무원도 약 10개의 직군으로 나누어져 있으며, 경찰 공무원 역시 이 속에 포함되어 있다. 앞에서도 언급했듯이 안정된 직업에 대한 선호가 증가하면서 공무원의 인기가 하늘을 치솟고 있다. 그중 경찰 공무원도 예외가 아니다. 각종 채용시험에 높은 경쟁률을 기록하고, 특히 여자 경찰관 채용시험에는 더 높은 경쟁률을 보인다. 여성의 임신·출산 등으로 인한 경력단절이 일반 기업체에서는 많이 생기는 반면, 여자 경찰관은 법으로 보장받을 수 있다. 또한, 남자 직원들과 마찬가지로 정년을 보장받을 수 있다는 것도 이유이다. 이렇듯 경찰 공무원이라는 직업은 성별에 따른 차별이 적어 인기 있는 직업으로 급상승되고 있다.

이제 경찰 공무원이라는 직업이 얼마나 매력적인지 얘기하려 한다. 길을 가다가 우연히 만나볼 수 있는 공무원이 얼마나 된다고 생각하는가? 아마도 "거의 없다."라고 대답할 것이다. 저 사람이 공무원인지 아닌지 알 수 없기 때문이다. 그러나 경찰관은 자주 만날 수 있다. 도로 한 가운데에서 교통 정리하는 경찰, 순찰 근무를 하는 경찰, 주요 국가기관 앞에서 경비 근무를 하고 있는 경찰, 신호기를 제어하는 경찰, 시내 한복판에서 관광객을 상대로 친절한 대민서비스를 제공하는 경찰 등 열거하기 힘들 정도로 많은 경찰관들을 볼 수 있다. 생활 일부가 되어 버렸기에 거리에서 만나도 이상하다, 신기하다 느끼지 못한다. 반면에, 연예인들이 거리에 나오면 모두들 신기한 눈빛으로 바라보곤 한다. 그것은 연예인들은 보통 사람들과 다른 사람이라고 생각하기 때문이다. 경찰은 이처럼 국민의 가장 가까운 곳에서, 사람들이 인식하지 못하지만 반드시 필요하고 중요한 일을 하고 있다. '산소 없는 세상'을 생각할 수 없듯이 '경찰 없는 세상'도 상상할 수 없는 것, 이것이 경찰의 첫 번째 매력이다.

'범죄 없는 세상'을 상상해 보았는가? 우리 모두 그런 세상을 꿈꾸지만 실재하기는 어렵다. 범죄가 없다면 애초에 경찰관이라는 직업도 없었을 것이다.

"저는, 세상의 나쁜 사람들을 꼭 잡고 싶어요! 잡아서 죗값을 치르게 하고 싶어요!"

"내가 이렇게 세상과 등지게 된 건, 절 이렇게 만든 범죄자 때문입니다. 꼭 잡아주세요!"

"전 이제 아무것도 할 수 없습니다. 그 사람들이 절 이렇게 만들었어요!"

"제 아이도 이렇게 피해를 당하는데, 다른 아이들은 괜찮으리란 법이 있나요? 꼭 처벌해 주세요!"

"내 아내를 반신불구로 만들었습니다. 그 뺑소니 범인을 꼭 잡아주세요!"

내가 12년간 경찰생활을 하면서 들었던, 범죄 피해자들의 가슴 아픈 사연들이다. 비록 죄명은 다르지만, 범죄 피의자 때문에 피해자가 된 것은 모두 동일하다. 특히 강력범죄 피해자들은 일반인들이 생각하는 것보다 훨씬 고통이 크고 상처가 깊다. 경찰은 범죄 피의자들을 검거하기 위해 지금 이 시각에도 고군분투하고 있다. 대부분의 경찰관은 '내 가족의 일이 될 수 있다.'는 생각을 가지고 범인을 검거하기 위해 안간힘을 쓴다. 사회의 안전에 기여할 수 있고, 범죄 피해자의 상처를 조금이라도 치유해줄 수 있는 경찰, 이것이 경찰이라는 직업이 매력 있는 두 번째 이유이다.

"전 외국어에 자신이 있는데, 경찰이 되면 특기를 살릴 수가 없잖아요?"

"경찰은 꼭 범인을 잡는 그런 일만 하는 건가요?"

"전 컴퓨터를 잘하고, 공부는 전혀 못 하는데 경찰을 할 수 있나요?"

"잘하는 것도 없고, 그렇다고 좋아하는 것도 없는데, 경찰에서 전 뭘 할 수 있을까요?"

초등학교나 중·고등학교에 직업 설명회를 나가면 학생들은 이러한 질문을 자주 한다. 경찰은 늘 범인 잡는 일만 한다고 생각한다. 하지만 경찰관이라는 직업은 우리가 알고 있는 것보다 다양한 일을 많이 한다. 경찰관의 업무는 크게 경무, 수사, 생활 안전, 경비 교통, 정보, 보안, 외사 파트로 나눌 수 있다. 그리고 분류된 업무 하나하나에 또 포함되어 있는 업무들이 수없이 많다. 예를 들면, 수사 파트에는 강력범죄 수사, 지능범죄 수사, CSI 과학수사, 심리수사 등 여러 가지 업무로 세분되어 있다. 그리고 생활안전 파트에는 여성청소년, 학교폭력, 총포, 질서, 지역 경찰 파트로 나뉜다. 경찰의 모든 업무를 모두 열거할 수는 없지만, 본인의 특기에 따라 업무를 선택할 수 있다. 행여 특기가 없다고 해도 파트 하나하나에서 근무를 하면서 자신만의 특기를 만들 수 있다. 다른 직종의 공무원과 달리 여러 가지 업무를 해 볼 수 있고, 적성과 특기에 따른 업무를 할 수 있는 것이 경찰의 세 번째 매력이다.

경찰의 네 번째 매력은 바로 승진의 기회가 다양하다는 것이다. 다른 공무원 직종은 시험승진이라는 제도가 많지 않다. 대부분 심사 승진이 있으며, 또한 일정한 근무연수에 따른 승진제도가 있다. 하지만 이러한 승진 제도는 일정 기간에 도달해야 하며, 그 기간이 짧지 않다. 반면에 경찰의 승진제도는 네 가지가 있다. 시험승진, 심사승진, 근속승진, 특별승진이다. 본인이 승진 시험을 통해 단기간에 승진을 할 수 있는 것이 시험승진이다. 물론, 시험승진을 원치 않으면 시험을 보지 않아도 상관없다. 시험을 보지 않고도 일정한 근무연수가 되면 '경위' 계급까지(예외적으로 경감까지) 승진을 할 수 있다. 그리고 한 분야에서 열심히 노력하여 경찰 발전에 기여한 공이 크거나, 중요 범인을 검거하였을 경우 특별승진의 기회도 얻을 수 있다. 본인의 의지에 따라 선택할 수 있는 폭넓은 승진제도 이것이 바로 직업으로서 경찰의 매력이다.

경찰의 매력 중에 빠질 수 없는 것이 있다. 바로 '월급'이다. 공무원 월급 체계와는 조금 달라 경찰 공무원은 독자적인 월급체계를 가지고 있다. 경찰도 공무원이어서 다들 알다시피 월급은 박봉이다. 2018년 공무원 월급 기준표에 따르면, 순경 1호봉 기준 1,530,900원, 순경 3호봉 기준 1,680,400원으로 확정되었다. 처음 보았을 때는 '이런 월급으로 어떻게 사나?'라고 생각할 수 있다. 하지만 이 월급은 오직 호봉에 따른 본봉 기준이다. 처음 발령을 받고 첫 월급을 받을 때는 여자 경찰관은 순경 1호봉 기준, 남자 경찰관은 순경 3호봉 기준으로 책정된다. 남자 경찰관 중에서도 군대를 면제받은 자는 순경 1호봉으로 책정된다. 이 본봉 기준에 각종 생명수당, 활동비 등이 더해진다. 그리고 일한 만큼 받는 초과 근무 수당이 있다. 위 모든 것을 포함하면 남자 순경 3호봉 기준, 세금을 제외하고 2백만 원 가량의 월급을 수령할 수 있다. 그리고 경찰 공무원 역시 국가 공무원이므로 현재 퇴직자 기준으로, 퇴직 수당 5천여만 원을 받을 수 있고, 65세부터는 연금을 매월 200만 원 이상을 받을 수 있다. 퇴직 경찰관이 사망하는 경우 유족에게 연금의 70%를 유족 연금으로 지급해 준다. 그리고 일 년에 한 번 성과급을 받을 수 있으며, 각 명절에는 본봉의 60%의 명절 휴가비와 일 년에 두 번 본봉의 최대 50%의 정근 수당을 받는다. 중·고등학교 자녀를 둔 경찰관은 학비 수당을 받을 수 있다. 이러한 월급체계 역시 직업으로서 매력이 크다.

그리고 독자가 여성이라면 고려해야 할 것이 바로 직장 내 성차별 문제이다. 경찰은 직장 내 성차별이 가장 적다. 저자인 나도 여자 경찰관이다. 만일 다른 직업을 선택했다면, 이렇게 남녀가 동등하게 인정받으며 직장생활을 하지 못했을지도 모른다. 경찰이라는 직업은 남자와 대등하게 일을 하고 인정을 받을 수 있는 곳이다. 여성이라고 해서 하지 못하는 일이 있는 것도 아니다. 본인의 여건과 맞지 않아 하지 못할 뿐, 여성이기 때문에 못하는 것은 아니다. 남성들의 강한 기운이 많은 경찰 조직에서 여성의 섬세하고 꼼꼼한 성향은 오히려 더 빛을 발하는 경우가 많다. 물론, 그러기 위해서는 여성이기 때문에 어떤 특혜를 받아야 한다는 사고방식을 버리고 남자 경찰관 못지않게 더 적극적이고 진취적인 자세로 근무해야 한다. 그러면 경찰이라는 조직은 여성이 성공할 수 있는 좋은 직장이다.

경찰은 취객에게 머리도 잡아채이고, 입에 담을 수 없는 심한 욕을 듣기도 한다. 각종 비상사태 발생 시 집에도 잘 들어가지 못하고, 국민들에게 따가운 눈총을 받기도 한다. 최근 몇 년간 흥행해 왔던 영화들의 제목과 내용을 살펴보면 재미있는 사실을 알 수 있다. 경찰이 배경이 되고, 경찰관이 주인공이 되는 영화가 자주 제작된다는 점이다. 끝까지 범인을 잡는 경찰관이 등장하기도 하고 경찰을 희화하기도 한다. 관객들이 경찰을 바라보는 시각은 애증이 교차한다. 경찰을 소재로 한 영화가 많이 제작되는 것을 보면 경찰관이라는 직업이 일반인들에게는 상당한 매력이 있다고 생각하는 반증이기도 할 것이다.

대한민국 경찰은 도전해볼 만한 가치가 있는 매력 있는 직업임에
틀림없다. 기억하라! 경험하지 않고 '있다! 없다!'를 논하는 것은 의미
가 없다.

안 되면 어때?, 기회는 또 있어!

드림 자기계발연구소 대표 권동희 작가는 자신의 저서 《미친 꿈에 도전하라》에서 실패가 두려워 도전조차 하지 못하는 청춘들에게 이렇게 말하고 있다.

"처음 일을 시작하면 누구나 불안하고 두렵기 마련이다. '남들보다 잘하지 못하면 어쩌나', '실패하면 어떡하지' 하는 부정적인 생각이 들기 때문이다. 그래서 충분히 할 수 있는데도 몸을 사리게 된다. 무엇인가를 시작하는 청춘은 늘 아프고 불안하다. 그런데 흥미로운 사실은 아프고 불안함의 크기가 클수록 나중에 돌려받는 성과가 크다는 것이다. 다양한 분야에서 두각을 나타내는 사람들이 걸어온 발자취만 보아도 시련과 역경의 자갈밭이 있었다는 것을 알 수 있다."

경찰 공무원 채용시험에 대한 확신이 없어 고민하고 있는 수험생들이 예상외로 많다. 일반 기업체 채용시험이나 다른 공무원 채용시험은 큰 부담 없이 공부하여 도전하지만, 경찰 공무원 채용시험은 많은 부담감을 갖고 있는 듯하다. 공직 박람회에 참석했던 한 남학생의 고민을 들어보자.

"저는 행정직 공무원 시험만 4년째 공부하고 있어요. 처음에는 될 거라는 자신감으로 시작했지요. 그런데 졸업이 가까워질수록 합격에 대한 확신이 들지 않아요. 시간이 흐를수록 자신감도 없어지고 있어요. 부모님께 죄송하고 저 자신도 한심할 때가 많습니다. 그래서 경찰 공무원으로 직종을 옮겨보려 하는데, 경찰관이라는 직업은 저한테 너무 어려울 것 같아서요. 필기시험은 그런대로 될 것 같은데, 체력 측정이나 다른 시험 절차가 너무 많아 힘들 것 같아요. 솔직히 필기시험 한번 봐서 합격하면 되는 것을 여러 가지 시험 절차가 계속돼 심적 부담감이 커서 도전이 망설여집니다. 한번 떨어지면 그걸로 끝나는 일을 몇 번의 과정을 거쳐 마지막에 떨어지면 제 자존감에 상처가 많이 남을 것 같습니다. 그래서 떨어져도 밑져야 본전이라는 생각이 들지 않을 것 같아요. 전 그냥 행정직 시험 계속 봐야겠죠?"

남학생의 말에 나는 이렇게 대답했다.

"모든 도전이 다 성공할 거라고 생각하나요? 지금 여기 서 있는 경찰관들도 모두 적게는 한 번, 많게는 아홉 번 실패했던 사람도 있습니다. 그들은 합격하리라는 확신에서 도전했을까요? 저도 그렇지 않았지만, 대부분 그런 생각으로 도전해서 경찰관이 된 것이 아닙니다. 행정직 공무원을 4년간 공부했다고 했지요? 그 직종은 확신이 들어서 도전하신 건가요? 아마 오랫동안 공부했던 직종이기에 포기하지 않고 공부하고 도전했을 것입니다. 경찰도 마찬가지입니다. 처음에는 이것저것 새로 해야 할 것이 많고, 생소해서 힘들 것이라는 생각이 먼저 들기도 합니다. 하지만 경찰 시험은 1년만 공부해보면 다른 직업 채용시험으로 옮기려 하지 않을 겁니다. 또 적응하게 되니까요. 떨어지면 어떤가요? 또 도전하면 됩니다. 경찰관이 될 수 있는 기회는 다른 직종보다 더 많이 열려 있습니다. 자꾸 문을 두드리면 열리게 되어있습니다. 행정직 공무원 시험 준비 4년 동안 노력한 결과를 '경찰관이 되어 결실을 맺어야겠다.'라고 결심하면 2년 안에 이룰 수도 있습니다. 기회가 더 많으니까요. 어느 직업에 도전하든 본인의 마음가짐에 달려있습니다. 두려워하지 마세요."

그는 내 말에 굳은 결심을 하고 돌아갔다. 경찰관이 되어야겠다고 직접 말을 하지는 않았지만, 곧 경찰 공무원 시험에 도전할 것이라는 느낌이 들었다. 대부분의 수험생들은 불안해한다. 될지 안 될지 모를 일을 위해 또 젊음을 받쳐야 한다는 생각을 가지고 있다. 하지만 어느 직업이든 취업을 하기 위해서는 일단 도전해야 한다. 실패하면 다시 도전하거나, 다른 길을 찾으면 된다.

2013년 8월 경찰 배명을 받고 현재 A 지방청에서 근무하고 있는 그는 많은 우여곡절 끝에 경찰관이 되었다. 그의 경찰관 채용시험 응시횟수는 총 10회였다. 처음 응시했을 때부터 아홉 번째 시험까지 그는 실패를 맛보았다. 5년간의 혹독한 수험 기간을 거쳐 그는 2011년 드디어 경찰 공무원 최종합격자 명단에 올랐다. 그는 뛸 듯이 기뻤고, 이제 탄탄대로를 걷는 일만 남았다고 생각했다. 같은 해 12월 중앙 경찰학교에 교육생으로 입교했고, 어려운 훈련도 그동안 실패의 보답이라 생각하며 열심히 임했다. 교육이 2개월쯤 진행되었을 때, 축구 시합 중 발생한 사고로 인해 오른쪽 발목 인대가 끊어졌다. 탄탄대로가 될 것으로 생각했던 꿈은 사라지고 말았다. 치료를 하였지만, 더 이상 교육을 받을 수 없는 상황이었다. 결국 그의 교육은 미뤄졌다. 그러나 그는 좌절하지 않고 다시 꿈을 이루기 위해 재활 치료를 게을리 하지 않았다. 그리고 그는 일 년 후 다시 중앙 경찰학교에 교육생으로 입교했다. 그리고 지금 경찰관이 되어 성실히 근무하고 있다. 그는 지금 이 삶이 얼마나 값진 것인가를 잘 알고 있을 것이다.

한두 번도 아닌 아홉 번의 실패를 맛본 그는 경찰관이 되겠다는 목표 하나로 포기하지 않았다. 한번 불합격되면 그다음 도전하는 것이 불안하고 힘들기 마련이다. 그런데 그는 총 열 번의 시험을 응시했다. 한 번 떨어지면 또 도전했고, 계속 도전했다. '칠전팔기'도 부족해 '구전십기'가 되었다. 계속된 실패에도 불구하고 참을 수 있었던 것은, 또다시 기회가 찾아올 것이라는 기대감이 있었기 때문이다. 그리고 계속 두드리면 열릴 것이라는 생각으로 열 번이나 도전할 수 있었다. 시험에 합격하고 또다시 찾아온 좌절 앞에서도 기회를 위해 노력했다. 그래서 그는 경찰관으로서 행복한 삶을 살고 있는 것이다.

아주 옛날, 히말라야 산맥에 독수리 떼가 모여 있었다. 이 독수리들 중에는 날기 시험에서 낙방한 독수리, 파트너로부터 버림받은 독수리, 그리고 힘센 독수리에게 상처받은 독수리들도 끼어있었다. 이들은 자기들보다 더 상처받은 독수리는 없을 거라고 생각했다. 그래서 그들은 자살을 하기로 결심했다. 그러던 중, 영웅 독수리가 내려와 그들 앞에 섰다. 그리고 물었다.

"너희는 왜 자살을 하려고 하느냐?"

"이렇게 사느니 차라리 죽는 게 나을 것 같습니다. 너무 괴로워요!"

그러자 영웅 독수리는 그들에게 이렇게 말했다.

"나를 봐라! 나는 상처가 하나도 없는 것 같은가? 내 몸을 봐라!"

영웅 독수리는 자신의 날개를 펼쳐 보였고, 많은 상처들이 보였다.

"이 상처는 날기 시험 때 생긴 거고, 이 상처는 나보다 힘센 독수리 때문에 생긴 것이다. 그러나 이 상처들은 겉으로만 드러나는 것이다. 내 마음의 상처는 더 크다. 일어나 날아라! 상처 없는 독수리는 이 세상에 존재하지 않는다!"

실패했을 때의 낭패감 때문에, 도전을 포기해서는 안 된다. 안 될 거라는 부정적인 생각으로 도전조차 하지 못한다는 것은 참으로 안타까운 일이다. 실패하면 어떤가? 기회는 또 있다. 또다시 상처가 생기면 어떤가? 상처를 고통으로 생각하지 않고, 더 나은 내일을 위한 발판이라고 생각하면 된다. 경찰이 될 수 있는 기회는 생각보다 많다. 해보지도 않고, 상처받는 것이 두려워 도전 앞에서 머뭇거리고 있다면, 일단 시작해보는 방법밖에 없다고 말해주고 싶다.

시어도어 루빈의 명언을 기억하자. 그는 위대한 일을 위해 주저하지 말고 도전해보라는 충고를 한다.

"실험을 많이 하면 할수록 좋은 결과를 기대할 수 있다. 삶이란 모두 실험이 아닌가. 당신이 할 수 있는 가장 위대한 일을 시도하라. 당신 스스로 행동하라. 안될 것이라고 의심해선 안 된다. 주저하지 말고 한번 시험해보라."

그만 망설이고 도전해봐!

"당신이 저지를 수 있는 가장 큰 실수는 실수를 할까 끊임없이 두려워
하는 것이다."

미국의 제28대 대통령 W.윌슨의 말이다. 윌슨 대통령은 실수가 두
려워 아무것도 하지 못하고, 선택을 하지 못하는 이들에게 이렇게 말
했다.

직업 선택을 두고 고민하는 것은 당연한 일이다. 내 평생의 직장이
될 수 있기 때문에 신중해야 할 필요가 있다. 지금 이 책을 읽고 있는
독자라면, 분명 경찰관의 직업을 놓고 저울질을 하고 있을 것이다. 나
역시 그랬다. 13년 전, 과연 내가 해야 하는 일인지 많은 고민을 했다.
100번은 나 자신에게 물어봤다. 마음의 답변과 이성의 답변은 일치하지 않았다. 그러나 난 마음의 답변만 생각하고 도전했다. 그리고 지금 경찰관이 되었다. 그리고 나는 지금 경찰관이면서 책을 쓰는 작가이다. 책 읽는 것과 책 쓰는 것은 내가 할 수 없는 일이라고 생각했다. 내 주위에 작가도 없었을뿐더러, 문학적으로 재능이 있는 사람만 작가가 될 수 있다고 믿었기 때문이다. 그래서 작가가 되고 싶다는 생각을 했을 때도, 13년 전 그날처럼, 작가가 되어야 하는 이유를 하나하나씩 머릿속으로 떠올려보았다. 동시에 닥쳐올 어려움과 좌절도 함께 생각했다. 그리고 난 또다시 마음속의 답변을 믿어보기로 결심했다. 하지만 작은 어려움에도 내 믿음은 흔들렸다. 하루는 책 쓰기 지도를 해주시는 분에게 문의를 하였다. "할 수 있을까요?"하고 물어보는 질문에 "할 수 있습니다."라고 대답해 주길 바랐다. 그런데 예상과는 달리 엉뚱한 대답을 들을 수 있었다.

"그만 망설이고 도전하세요!"

이 말을 들었을 때, 마음을 들켜버린 것 같아 갑자기 창피해졌다. 그는 내가 이미 결정했다는 것을 알고 있었다. 결정을 해두고 다시 한 번 확인한다는 것을 눈치챘다. 덕분에 주저하지 않고 결정했다. 그리고 지금 책 쓰는 경찰관이 되었다. 그 선택에 대해 후회하지 않는다. 전혀 하고 싶지 않은 일이라면, 간도 보지 말아야 한다. 여기저기 간만 보다가, 언제 도전할 것인가.

2013년 10월 채용 박람회에 참석했다. 나는 그곳에서 다른 직종 공무원 시험과 경찰 공무원 시험 중 어느 것을 선택해야 할지 갈팡질팡하던 한 여학생을 만났다. 그녀가 나에게 상담한 내용은 이렇다.

"저는 지금 대학교 3학년 학생이에요. 요즘 취업난이 심해서 대학교에 입학하자마자 취업 준비를 했어요. 다른 친구들만큼 스펙도 쌓았고, 저 나름대로 최선을 다 했어요. 그런데 3학년이 되니 현실을 직시하게 되더군요. 제가 하고 싶은 일에 도전하려고 했지만, 안정적이지 못하고 취업하는 것도 쉽지 않더라고요. 부모님도 공무원이 되었으면 좋겠다고 생각하셔서 공무원 시험 준비를 할까 합니다. 그동안 해둔 것이 아깝기도 하지만, 자기 계발했다고 생각하면 되니까 상관없어요. 그렇게 어렵게 결정을 했는데, 또 결정을 해야 하더라고요. 공무원의 직종이 너무 많잖아요. 그래서 어떤 직종의 공무원을 선택할까 정말 많이 생각했는데, 답을 찾지 못하겠어요. 경찰 공무원은 어떤가요? 경찰관이시니까 솔직하게 말해주세요!"

그녀는 내가 "도전하세요!"라는 말을 해주길 원했던 것 같았다. 그러나 다음과 같이 답해주었다.

"혹시 다른 직종 공무원과 얘기해 본 적 있어요? 아니면, 다른 직종의 공무원에 대해 따로 알아보았는지요? 솔직히 말하면, 각 직종의 공무원들의 장단점과 자신의 적성과의 비교는 이미 해봤을 것 같은데요?굳이 내가 말해주지 않아도 스스로 더 잘 알고 있는 것 같아요. 지금 마음이 시키는 대로 하세요. 더 이상 힘들게 비교하며 다니지 않아도 돼요. 그럴수록 '할 수 있다.'는 자신감보다 망설임만 커집니다. 지금 마음이 결정한 대로 바로 실행하면 됩니다."

그녀는 더 이상 말하지 않았다. 그냥 미소를 머금고 책상 위에 놓여진 채용 홍보물 한 장을 들고 돌아갔다. 나에게 본인의 마음이 들켰다는 것이 민망했는지, 말로 설명할 수 없는 미소만 남기고 돌아갔다. 그녀는 이미 상담을 시작하기 전에 경찰 공무원에 마음을 굳혔고 다시 한 번 확인을 하고 싶었던 것이다. 이는 본인이 무엇을 잘하는지 알면서도 남들에게 다시 한 번 '잘한다.'는 말을 듣고 싶은 심리와 비슷한 것이다. 그녀는 아마 경찰관이 될 것으로 생각이 들었다.

현재 TYK그룹의 회장이며, 태권도 도장을 운영하는 태권도 8단의 김태연 회장은 축복받지 못한 탄생의 주인공이었다. 아들을 고대하던 집안의 딸로 태어나 부모님에게조차 늘 구박만 받았고, 집안의 쓸데없는 존재라고 괄시를 받았다. 하지만 그녀는 이에 굴하지 않고 역경과 고통을 이겨냈다. 그리고 드디어 그녀는 TYK그룹의 회장이 되었다. 그녀는 TV에서 도전을 두려워하는 이들에게 이렇게 말을 했다.

"실패를 두려워하지 마세요. 할 수 있다고 생각하세요. 그 과정에서의 고통이나 역경, 실패, 눈물, 아픔 등은 원하지 않아도 분명히 있기 마련입니다. 재도전하면 실패도 익숙해집니다. 우리 모두 할 수 있습니다. I CAN DO IT. WE CAN DO IT!"

실패와 상처에 대한 두려움은 누구나 가지고 있다. 성공했다고 자처하는 사람 중 실패를 겪지 않은 사람은 없을 것이다. 실패가 있기 때문에 성장할 수 있었으며, 실패가 있어 성공의 길을 갈 수 있다. 도전해볼 만한 가치가 있는 매력적인 직업인 경찰관을 아직도 의심하는가? 그만 망설이고 도전하길 바란다. 그리고 이미 마음속에 꿈틀거리는 무언가가 있지 않은가? 그것은 바로 '열정의 씨앗'이다. 그 씨앗이 자기를 알아달라고 표현하고 있다. 그 표현을 모른 척하지 말자. '열정의 씨앗'은 좋은 땅에서 좋은 영양분을 먹고 자라야 큰 나무로 자랄 수 있다. 그 좋은 땅이 바로 '대한민국 경찰'이라는 것을 잊지 마라.

채널을 넘기다 스쳐 지나간 하얀 제복에
손가락을 되 누른 적이 있다면

경찰서 앞을 지나며 발걸음이 느려진 적이 있다면

무엇을 망설이는가. 그대 가슴 속에는 이미

은빛 흉장이 새벽처럼 빛나고 있는데.

조남진의 〈그대에게〉 중에서

chapter 2

눈물겹지만
찬란했던
나의
경찰 도전기

게시판에는 아주 촌스러운 포스터가 한 장 붙어 있었다.

포스터 안에는 경찰제복을 입은 남자와 여자가 부자연스럽게 서 있었다.

그리고 포스터 맨 위에는 '경찰관(순경) 채용 공고'라는 글귀가 적혀 있었다.

눈을 뗄 수 없었다. 그냥 이상한 기운이 감돌았다.

한참 포스터를 쳐다보다 집으로 발걸음을 옮겼다.

버스 정류장까지 걸어가면서, 차를 타고 가는 40분 동안,

버스에서 내려 집으로 걸어가는 30분을 계속 그 포스터 생각만 했다.

정확히 말하자면, 포스터가 아닌 '경찰관 채용'이라는 문구였을 것이다.

어차피, 대학교수의 꿈은 접었다.

대학 졸업을 일 년 남긴 상태에서 취업 걱정을 하지 않을 수 없었다.

스무 살, 건방진 꿈을 꾸다

내 꿈은 원래부터 경찰관이 아니었다. 어렸을 때는 선생님이, 청소년기에는 대학교수라는 꿈을 꾸었다. 나는 특별히 잘하는 게 없는 아이였다. 평범했고, 있는 듯 없는 듯 지냈었다. 다른 사람들에게 내 존재감을 알리는 것을 두려워했고, 또 그 사실이 창피했다. 학교에서는 조용한 학생이었다. 대학교수라는 꿈은 고등학교 때 생겨났다.

"야! 나상미! 너 뭐야? 너 이렇게 공부 잘하는 아이였어?"

고등학교 1학년 첫 시험의 성적표를 본 우리 반 반장이 동그래진 눈으로 날 바라보았다.

"응? 왜? 반장! 성적 나왔어?"

나도 기다렸던 성적이라 궁금했다.

"얘들아! 나상미가 전교 2등이야! 그리고 독일어는 100점을 받았어! 전교에서 한 명이야!"

반장의 말이 떨어지기 무섭게 친구들은 내 주위로 몰려들었다. 전교 2등은 둘째치고, 독일어 100점이 더 신기했던 모양이었다. 그 당시 독일어는 고등학교 입학 후 처음 배워보는 제2외국어였다. 영어도 어려운데 독일어를 새로 배우려고 하니 친구들은 머리를 싸매고 힘들어했다. 어렵고 까다로웠던 과목에서 내가 1등을 했고, 그것도 전교에서 유일하게 100점을 맞았으니 친구들이 놀라는 것은 당연한 일이었다. 나는 유난히 독일어를 좋아했고, 잘했다. 선생님께서도 기특하게 여기셨다. 당시에 있었던 전라남도 '독일어 경시대회'에 출전하여 장려상을 받기도 했다. 나 자신이 좋아하고 잘하는 게 있다는 것이 신기하고 좋았다. 그렇게 고교 3년 동안 대학수학능력시험보다 독일어 공부를 더 많이 했던 것 같다. '독일이라는 나라에 한 번만 가봤으면…' 하는 바람을 가졌다. 나는 대학 학과 결정도 갈등하지 않았다. 대학교를 좋은 곳으로 가는 것도 원하지 않았다. 마침 집 가까운 곳에 국립대학교가 있었고, 그곳에 '독일어과'가 있었다. 더 이상 생각을 할 필요도 없이 그곳에 원서를 제출했다. 그냥 내가 좋아서 선택한 학과였다. 그리고 대학 합격의 기쁨을 누렸다. 대학에 입학해서 독일어뿐만 아니라, 독일에 관한 수업, 독일어 문학수업 등 여러 가지 새로운 공부를 시작했다. 학과 교수님들의 경험담을 통해 독일에 대한 열망은 더욱 커져만 갔다. 뜻이 잘 맞았던 친구들 세 명이 모여 영상 자료실에서 독일 영화를 즐겨보기도 했다. 그리고 정확히 무슨 내용인지는 잘 몰랐지만, 독일 뉴스 '도이체 벨레'와 'BR online'의 녹화 영상을 보기도 했다.

하루는 이런 일이 있었다. 영상 자료실에서 친구들과 떠들며 방송을 보고 있었다. 그런데 그 모습이 너무 시끄러웠는지 옆에 앉아 있던 한 남학생이 우리를 노려보고 있었다. 우리는 아랑곳하지 않고 계속 떠들었다. 그랬더니 그 남학생이 우리를 보고 나가라는 눈치를 주었다. 우리 셋은 특유의 발음으로 "개쉬타포!"라고 말하면서, 서로 웃었다. "개쉬타포"는 독일어가 아니다. 우리만의 야유가 섞인 말이었다. 그 말을 듣고 어리둥절해하던 그 남학생의 모습이 아직도 생생하다. 이렇게 구르는 낙엽을 바라만 봐도 웃음이 나오는 해맑은 시절이었다. 우리 셋은 독일이라는 나라를 동경하고, 독일 문학을 사랑했고, 독일 음악을 즐겨 들었다. 수업이 끝나고 학교 앞 호프집에 가서도 맥주 500CC 한 잔으로 몇 시간을 버텼다. 이렇게 마셔야 진정한 '독일 스타일'이라며, 용돈이 빠듯했던 서로를 위로하기도 했다.

점점, '독일'이라는 나라에 빠지게 되었다. 그들의 문화와 그들의 언어를 더 배우고 싶었고, 내가 좋아하고 잘할 수 있는 것으로 더 공부하고 연구하고 싶었다. 그렇게 해서 스무 살에 '대학교수'라는 참 건방지고도 원대한 꿈을 꾸었다. 그때는 당연히 할 수 있을 것이라고 생각했다. 진정 내가 좋아하는 일을 하는 것이 당연하다고 여겼다. 스무 살, 철없는 꿈이라며 주위에서는 별로 신경 쓰지도 않았다. 교수가 되는 과정은 어렵기도 하지만, 중요한 문제는 교수가 되기 전까지는 수입이 별로 없다는 것이다. "지금이니까 그렇지. 네가 조금 지나면 포기할 거야!"라며 친구들은 말했다. 대부분의 대학 동기들은 성적에 맞춰 독일어과에 지원을 했기 때문에 독일어 관련 교수를 하겠다고 했을 때, 이해하지 못하겠다는 눈으로 날 쳐다봤다. 나도 모르게 서서히 그 꿈이 시들해지기 시작할 무렵이었다. 할 수 없을 거라는 주위의 시선보다 더 힘들었던 것은 내가 뭐부터 준비해야 하는지 알 수가 없다는 것이었다. 그런데 우연하게 기회는 내게 찾아왔다. 누가 그랬는가? 공평한 기회에서 성공의 비결은 오로지 실행력이라고.

"독일 본(BONN)대학교에서 해마다 열리는 세계 어학연수 프로그램에 우리 과에서도 두 명이 갈 수 있을 것 같습니다."

교수님께서 이 소식을 흥분된 목소리로 전해주셨다. 독일 본 대학교는 세계적으로 꽤 알려졌다. 그곳의 단기 어학연수 프로그램에는 각 나라별로 10명이 참석할 수 있다. 우리나라에서는 늘 명문대학교인 Y 대학교에서 참석했었다. 그 프로그램의 수업료는 전액 무료였고, 본 시내에서 사용할 수 있는 교통카드도 무료였다. 부담해야 하는 비용은 저렴한 기숙사비와 왕복 비행깃삯이었다. 그리고 약간의 생활비만 있으면 내가 그렇게 원했던 독일이라는 나라에 갈 수 있었다. 그런 기회를 놓치고 싶지 않았다. 그 당시 항공권과 기숙사비, 생활비를 다 합치니 200만 원 정도면 충분했다. 항공료가 너무 비싸서 일본

을 경유하는 'JAR항공'을 이용하면 일반 항공권의 반 정도 되는 요금
으로 갈 수 있었다. 나는 그날 밤 부모님께 보내달라고 통사정을 했다.
하지만 부모님의 반응은 냉랭했다. 그 당시 우리 집은 딸이 독일 어학
연수를 가겠으니 돈을 달라고 하면, 척척 내놓을 수 있는 형편이 아니
었다. 200만 원만 달라고 부모님께 사정했고, 며칠 동안의 설득 끝에
허락을 받았다. 그 뒤에 들었던 얘기지만, 엄마가 나의 경비를 위해 곗
돈을 깨셨다고 했다. 나는 방학 중에 일을 해서 엄마께 꼭 갚겠노라고
다짐했다.

독일 어학연수의 티켓은 나와 같은 과 여자 선배 차지가 되었다.
둘은 항공권 예약부터 배낭여행 계획까지 꼼꼼히 챙겼다. 우리는 이
왕 가는 독일에 약 10일 먼저 도착해서 주변 몇 나라를 배낭여행으로
돌아볼 계획이었다. 여권도 만들었고, 그곳에서 먹을 인스턴트 음식
도 구입했다. 점점 시들어 갔던 '대학교수'라는 꿈이 다시 활활 타오
르는 것을 느낄 수 있었다. 이역만리 먼 나라로 떠날 생각을 하니 두
렵기도 했지만, 새로운 곳에서 경험할 여러 가지 일들을 상상하면 가
슴이 터질 것만 같았다. 해보지도 않고 "맞다! 안 맞다!"를 말하는 것
은 내 꿈에 대한 예의가 아니라고 생각했다. 그렇게 기다리고 기다리
던 출국 전날 밤, 가슴을 두근거리게 하는 나의 꿈을 향해 한 걸음 내
딛는다는 설렘으로 잠을 이루지 못하였다.

출국 날 아침은 아주 상쾌했다. 습하고 무더운 여름이었는데도 상쾌하다고 느꼈다. 마음이 즐거우니 세상이 모두 아름다워 보였다. 인생에서 일어나는 일들도 날씨처럼 마음에 따라 좋거나 나쁘거나 한다. 어떤 시각에서 보느냐에 따라 좋은 날씨가 되기도 하고, 나쁜 날씨가 되기도 한다. 기분이 좋지 않은 날에는 구름 한 점 없는 날씨가 그렇게 보기 싫을 수가 없지만, 기분이 좋은 날에는 잔뜩 구름 낀 흐린 날씨도 멋지게 보이는 것처럼.

김포공항으로 가기 위해 우리는 목포에서 서울까지 기차를 이용하기로 했다. 동행하는 선배 언니를 기차역에서 만나 차에 올랐고, 가족과의 짧은 이별을 했다. 길지 않은 기간이지만 꿈을 이루기 위해 무엇을 해야 하는지 반드시 알아오겠다고 마음먹었다. 김포공항에 도착하여 수화물 탁송을 하고, 항공권 발급과 함께 게이트로 발을 옮겼다. 게이트에서 바라보는 하늘은 너무 아름다웠다. 처음 타보는 비행기에 대한 두려움도 흥분된 마음을 이기지는 못했다. 드디어 탑승 시간, 나와 선배는 탑승구로 발걸음을 옮겼다. 그리고 나는 이렇게 다짐했다.

'꿈아, 기다려라! 내가 갈 거야! 어떤 장애물이 와도 비켜가지 않을 거야! 건방지다 해도 좋아. 내 꿈이니깐!'

그렇게 나는 꿈을 향해 한 발짝 다가가기 시작했다.

꿈을 위한 첫 배낭여행

독일이라는 나라에 대한 호기심을 가슴에 안고 비행기에 올랐다. 온갖 생각에 한국에서 독일까지 가는 14시간 동안 눈 한 번 감아보지 못했다. 그 당시 배낭여행족에게는 필수품이었던, 여행가이드 책과 지도를 계속 손에 쥐고 놓지 않았다. 보고 또 보고 문득 다른 생각을 하다가 잊어버릴까 봐 다시 보고 그렇게 14시간을 보냈다. 프랑크푸르트 공항으로 가는 비행기 안에는 독일 사람이 굉장히 많았다. 여기 저기서 들려오는 독일어를 유심히 듣기도 했다. 옆에 앉아 있던 독일 아이와 어설픈 대화를 나누기도 했다.

드디어 우리는 프랑크푸르트 공항에 도착했고, 낯선 여행이 시작되었다. 비행기를 처음 타본 촌놈이 독일이라는 나라까지 날아갔다는 것이 놀라웠다. 독일에서 가장 규모가 큰 프랑크푸르트 공항은 자칫 한눈을 팔다가는 국제 미아가 될 수도 있겠다는 생각이 들 정도로 컸다. 어리둥절하고 무섭기도 했다. 아시아인은 몇 명의 일본인 외에 우리가 전부였다. 도착하자마자 우리는 서둘러 기차를 타러갔다. 공항에서 바로 이어지는 기차역까지 가는 30분의 시간 동안 두려움과 설렘이 교차했다. 당시 여행객들에게 저렴하게 판매했던 열차 패키지 상품이 있었다. 열차표 하나로 10일 동안 6번을 이용할 수 있는 티켓이었다. 그 티켓을 이용할 때마다 역무원에게 확인 도장을 받아 탑승하는 것이었다. 어설펐지만 내 독일어 실력은 그곳에서도 어느 정도 통했다. 문제없이 티켓에 도장을 찍고 첫 목적지인 본으로 향했다. 교수님의 주선으로 우리의 짐을 맡아줄 분을 만나러 가기 위해서였다. 본에 도착해서 짐을 맡기고, 본격적인 배낭여행을 시작하였다.

본 기차역에서 파리로 가는 야간열차를 탔다. 지금 기억에 거의 9시간 정도 걸렸던 것 같다. 숙박비를 아끼기 위해 주로 야간열차를 많이 이용했다. 그곳에서 잠을 잘 수 있었기 때문이었다. 칸칸이 나뉜 열차 객실은 4명이 함께 들어갈 수 있었고, 한 개의 라인에는 여러 개의 객실이 있었다. 그곳에서 우리는 다양한 국적의 사람들을 만날 수 있었다. 그런데 재미있었던 것은 독일인이나 스위스인이 아니면 독일어를 하지 못한다는 것이었다. 다른 유럽 국가들은 모국어, 또는 영어를 구사했다. 독일어는 어느 정도 할 수 있었지만, 영어는 자신이 없었다. 그래서 그들과 대화하는데 상당한 어려움이 있었다. 졸다 깨다를 반복하며 프랑스 파리에 도착했다. 또다시 낯선 곳에 대한 두려움이 나를 위축시켰다. 프랑스어는 전혀 모르는 상태여서 물 하나를 사 먹는 데도 어려움이 많았다. 프랑스인들은 절대 외국인에게 영어로 말하지 않는다. 그 이유는 나중에 알았지만, 자국의 자존심 때문이라고 했다. 화장실도 돈을 주고 들어가야 했고, 그 당시 한국에서는 쉽게 마실 수 있었던 물도 사 먹어야 했다. 밥을 사 먹으려 해도 너무 비싸 빵을 사서 선배 언니와 나눠 먹기도 했다. 엄마가 곗돈을 깨서 주신 돈을 아껴 써야겠다는 생각에서였다. 모든 여행은 거의 도보로 이루어졌다. 나라와 나라를 넘어가지 않는 이상 걷기로 했다. 걸으면서 주변 관광도 하고 사진도 찍고, 꽤 괜찮은 여행길이었다. 파리에 도착해서 처음 간 곳은 바로 '센강'과 '퐁네프 다리'였다. 생각보다 너무 좁고 그렇게 아름답지 않았다. 영화에서 보던 것처럼 멋있으리라는 상상에 지도를 보며 찾아갔지만, 솔직히 실망이 컸다. 곳곳에는 돈을 벌기 위해 비둘기 모이를 파는 사람들과 관광객들뿐이었다. 우리는 잠시 그곳에 머물다 '에펠탑'과 '개선문', '루브르 박물관'을 찾아갔다. '에펠탑'은 무척이나 높아서 꼭대기를 쳐다보는데 목이 꺾이는 것 같았다. '루브르 박물관' 역시 관광객이 너무 많아서 줄을 서 있다 지쳐 쓰러질뻔했다. 우리를 보는 장사꾼들이 일본인인 줄 알고 자꾸 일본어로 "곤니찌와, 곤니찌와"라고 인사를 했다. 그러면 우리는 짧은 영어 실력으로 "No! Im Korean!" 하며, 설명하기 바빴다. 그 당시 파리에는 아시아인이 그리 많지 않았다. 그래서인지 사람들은 아시아인들을 동물원 원숭이 보듯 했다. 그렇게 파리에서의 하루 여행이 끝났고, 또 다시 파리 기차역까지 걸어갔다. 밤에 출발하는 야간열차를 타야 했기 때문이다. 제대로 쉬어보지도 못하고, 빵 한 조각과 물 한 병으로 하루를 버텼다. 화장실이 가고 싶어도 돈을 내는 게 아까워 참다 참다 열차 안에서 해결을 했다.

다음 목적지는 이탈리아 베니스였다. 베니스로 가는 기차를 기다리는데 세수가 정말 하고 싶어 기차역에 멈춰있던 열차 안에 몰래 들어가 누가 볼까 봐 도둑고양이처럼 허겁지겁 세수를 하고 나왔다. 그때는 정말 '왜? 사서 고생하나?' 하며 잠깐 자신을 탓하기도 했다. 이탈리아 베니스로 가는 야간열차는 출발했고, 지친 몸을 열차 좌석에 맡겼다. 솔직히 너무 힘들어서 후회도 무척 했다. 그래도 내 꿈을 위한 좋은 경험이라며 스스로를 위로했다. 특이하게도 그 열차는 창문이 열렸다. 이런 열차는 태어나서 처음 타서 신기해서 계속 열었다 닫았다. 그렇게 거의 10시간 정도 달린 기차가 목적지인 베니스에 가까워졌다. 누가 베니스라고 알려주지 않아도 그곳이 어디인지 알 수 있었다. 강이 보이고 열차는 그 물 위로 움직였다. 베니스의 상징, 바로 '곤돌라'가 우리를 먼저 반겼다. 열차에서 내리자마자, 승객들을 태우러 나온 여러 척의 배가 항구에 즐비하게 정박 중이었다. 그때부터 고민은 시작되었다. 비싼 돈을 주고 곤돌라를 탈지, 저렴한 가격에 그냥 배를 탈지, 의논 끝에 결정한 것은 곤돌라였다. 아무리 돈이 없어도 "베니스까지 와서 곤돌라 한번 못 타보면 그것도 뭔 청승이냐?"라며 배짱 좋게 우리의 합의를 합리화했다. 곤돌라를 타고 정말 영화 속 주인공이 된 것처럼 그 순간을 만끽했다. 베니스의 산마르코 광장은 굉장히 기억에 남는다. 규모도 규모지만 위엄이 있는 곳이었다. 넓은 광장에는 장사꾼들의 모습도 많았지만, 여러 나라에서 온 관광객들의 수도 어마어마했다. 정말 내가 살아있음을 느꼈던 날이었다. 며칠 동안 육체적, 정신적으로 힘들었던 기억이 싹 사라지는듯했다. 여행 중에 많은 사람을 만났다. 국적 불문, 성별 불문, 나이 불문 여러 부류의 사람을 만났고, 그들과 이메일 주소를 교환하며 인간관계를 넓혔다. 나중에 독일로 유학을 가면, 꼭 다시 그들을 만나겠다고 다짐했다. 그렇게 베니스 여행도 끝났고, 우리는 이탈리아 밀라노, 스위스 베른, 독일의 여러 도시를 여행했다. 여행 중에 노숙을 하다 가방을 도둑맞을 뻔했고, 열차표에 기록되어 있지 않은 열차를 몰래 탔다가 들킬까 조마조마한 적도 있었다. 라면이 너무 먹고 싶어 한국 식품매장에서 비싼 값을 주고 라면을 사서 유스호스텔에서 밤늦게 끓여 먹었다. 지금 그렇게 하라고 하면 절대 못 할 힘든 일이었다. 한국에 있을 때보다 체중이 약 7kg그램이 빠졌지만, 날씬해졌다고 오히려 흐뭇해했다. 그렇게 7박 8일 동안의 좌충우돌 유럽여행기가 막을 내렸다.

여행이 끝난 후, 우리는 어학연수 프로그램에 참가하기 위해, 독일 본 대학으로 출발했다. 정말 내가 그리던 캠퍼스의 낭만이라는 말은 본 대학의 캠퍼스의 풍경과 잘 어울렸다. 넓게 잘 관리된 잔디밭 캠퍼스는 학생들에게 큰 꿈을 꾸게 해주는 장소인 것 같았다. 어떤 학생들은 윗옷을 모두 벗고 햇볕을 쬐고, 어떤 학생들은 앉아서 자유롭게 책을 읽었다. 일광욕을 하거나 독서를 하기에는 정말 안성맞춤인 장소였다. 나 역시 그곳에서 공부를 할 때, 쉬는 시간이나 점심시간에 그 잔디밭에 앉아 많은 생각을 했다. 정말 내가 꿈을 위해 독일 유학 중인 학생처럼 느껴졌다. 솔직히 말해서, 한국의 부모님과 친구들도 그렇게 생각나지 않았다. 앞으로 대학교수가 되기 위해 이곳에 다시 오리라 결심했다. 그렇게 꿈은 가슴속에서 꿈틀거리고 있었다. 빨리 꺼내달라고 외치는 소리가 들리는듯했다. 그렇게 내 꿈을 위한 첫걸음이 시작되고 있었다.

그곳에서 만난 꿈 친구들

여행 중에 여러 사람을 만났다. 외국인을 만나기도 했고, 한국 사람을 만나기도 했다. 외국에 있으니 한국 사람 만나는 것이 무척이나 반가웠다. 그중에 기억에 남는 한 사람이 있다. 나는 그녀를 보고 '사람은 이렇게 살아야 하는구나!'하며, 감탄하기도 했다.

그녀와 처음 만난 곳은 파리였다. 그곳에서 선배와 나는 숙소를 찾기 위해 지도를 보면서 목적지를 향해 걸어가고 있었다. 그런데 우리와 같은 방향으로 걸어가고 있던 그녀를 만났다. 그녀는 배낭여행족이라고는 상상할 수 없을 정도로 세련되고 예뻤다. 운동화를 신고 있었던 우리와 달리 높은 통굽의 샌들을 신었고, 검은색 블라우스와 바지를 입고 있었다. 처음에는 현지에서 일하는 여성인 줄 알았다. 그런데 그녀 역시 우리처럼 배낭여행 중이었고 그녀도 유스호스텔을 찾아가는 길이었다. 그렇게 그녀와의 인연은 시작되었다. 목적지를 향하는 동안 그렇게 많은 대화를 하지 않았다. 다만, 그녀보다 훨씬 나이가 어렸던 나는, 왠지 모르게 위축되었다. 어딘가 모르게 세련된 그녀의 모습 때문이었다. 숙소에 도착해서 그녀는 우리에게 먼저 저녁을 같이 먹자고 했다. 우리는 마다할 이유가 없어 흔쾌히 같이 식사를 했다. 신비스러운 그녀의 베일을 벗기고 싶은 충동이 일었다.

"저기, 언니 그런데요…."

나는 조심스럽게 먼저 말을 꺼냈다.

"응? 왜? 할 말 있어?"

"혹시, 어디에서 왔어요? 대학생이세요? 아니면 직장 다니세요?, 아니면 백수세요?"

나는 궁금했던 것을 한꺼번에 다 물어봤다. 그러자 그녀는 웃으며 나에게 이렇게 대답했다.

"어? 나는 서울에서 왔고, 회사 다녀. 지금 29살이고, 여긴 여행 온 거야."

궁금했던 내용을 아주 간단하게 답하면서 이렇게 덧붙여 말했다.

"나는 여행 마니아야. 회사 다니면서 이렇게 장기간 휴가 내는 일이 쉽지는 않지만, 그래도 일 년에 두 번은 이렇게 휴가를 내. 순전히 여행 다니기 위해서 휴가를 내는 거지. 회사에서는 엄청나게 싫어하지만, 난 상관하지 않아. 나도 일한 만큼 자신에게 보상을 해줘야지. 난 그렇게 생각해!"

역시 그녀의 생각은 외모만큼이나 세련됐고 똑 부러졌다.

"우와. 그럼 일 년에 두 번씩 이렇게 해외여행 다니시는 거예요? 대단하다. 집이 혹시 부자세요?"

나는 신기해서 또 물었다.

"아니! 우리 집이 부자면, 내가 회사에 다니겠니? 여행을 다녀야 하니까 회사에 다니지. 돈을 벌어야 여행을 다니잖아!"

나는 뒤통수를 한 대 맞은 기분이었다.

"에이, 그래도 어떻게 직장 다니면서, 일 년에 두 번씩 해외여행을 다녀요! 쉽지 않잖아요!"

내 말에 그녀는 이렇게 말했다. 그 말은 아직도 내 귓가에 맴돌고 있다.

"난, 6개월 동안 월급을 꼬박꼬박 모아. 적금이나 뭐 그런 것은 하지 않아. 그냥 내 생활비 정도 쓰고 나머지는 모두 모으지. 그리고 여름에 한 번, 겨울에 한 번 10일씩 휴가를 내고 모아둔 돈으로 해외여행을 떠나! 그리고 여행에서 돌아오면, 또 6개월을 일해서 모으는 거야. 그래야 또 해외여행을 갈 수 있겠지? 난 그렇게 6년을 살았어! 그 돈으로 적금을 들거나 명품 가방을 살 수도 있어. 그리고 노후를 준비할 수도 있지. 하지만 내가 지금 이렇게 하지 않으면, 죽을 때까지 제대로 된 해외여행을 한 번도 할 수 없을 것 같더라고. 그래서 지금은 아무것도 생각 안 하고 한 살이라도 젊었을 때, 하고 싶은 것을 하면서 살려고 하지. 이렇게 살다 보니까 여행 작가가 되고 싶더라. 그래서 그 꿈을 위해 더 노력하는 거야. 여행 작가가 되려면 당연히 여행을 많이 다녀야 하잖아. 회사는 그 꿈을 위해 필요한 돈을 주는 곳이지. 남들은 날 보면 미쳤다고 해. 너희가 생각해도 그렇지?"

그녀의 말에 나는 더 이상 아무 말도 할 수 없었다. 대학교수가 꿈이면서, 나는 한 번도 그녀처럼 생각한 적이 없었다. 기껏해야 엄마한테 졸라서, 엄마 곗돈을 깨서 왔던 독일이라는 나라에 대해 그냥 막연한 기대감만 있을 뿐이었다. 겨우 독일어 조금 하는 수준밖에 안 되는데도 불구하고, 너무 섣부른 꿈을 꾸고 있나 하며 걱정을 했었다. 나중에 내 꿈을 위해 얼마나 노력할 수 있는지 다시 한 번 생각하게 하는 그녀였다. 한국에 귀국한 이후로도 가끔 연락을 하곤 했다. 역시나 그녀의 소식은 늘 여행 소식이었다. 겨울이니까 홍콩에 다녀올 거다, 그 다음 해 여름에는 영국에 다녀온다는 그녀의 소식은 2년간 이어지다 끊겨졌다. 가끔 그녀의 모습이 생각난다. 그녀를 우연히라도 만나게 된다면, 지금 나도 꿈을 위해 피나는 노력을 하고 있다고 자랑하고 싶은 마음이다. 그녀는 과연 여행 작가가 되었을까?

그곳에서 만났던 또 한 사람이 있었다. 그는 영국에서 유학 생활을 하는 한국인이었다. 파리에서 만나 베니스 여행까지 우연히 그와 함께했다. 좋지 않았던 나의 영어 실력 때문에 무엇인가를 물어보기 위해 그에게 말을 걸었고, 한국인이라는 것을 아는 순간 너무 기뻤다. 그를 만난 건 행운이었다. 그는 당시 28세였고, 영국에 건너온 지 3년째라고 했다. 영어를 배우기 위해 유학을 왔고, 그곳에서 일도 한다고 했다. 넉넉하지 못한 가정형편 때문에 유학 비용을 그가 직접 해결하고 있었다. 영국에서 유럽으로 여행 가는 것은 한국에서 국내여행하듯, 어렵지 않은 일이라서 자주 주변 국가로 여행을 다닌다고 했다. 그 역시 대학교수라는 꿈을 가지고 있었다. 한국에서 영문학을 전공했던 그는 군대를 다녀온 후, 취업이 걱정되어 유학을 선택했다. 도피성 유학이기도 했지만, 하고 싶은 것을 하기 위해서는 유학이 불가피하다고 했다. 그 역시 꿈을 위해 온갖 어려움을 헤쳐나가고 있어서인지 일과 공부에 많이 지쳐 보였지만, 내 눈에는 그가 마냥 행복해 보였다. 대학교수가 되기 위해 내가 꿈꿔 왔던 유학 생활을 하고 있는 그의 모습이 한편 부러웠던 것 같다. 꿈을 위해 시작한 배낭여행에서 커다란 자극제 역할을 한 사람들을 만났다.

스무 살, 어린 나이에 대학교수라는 건방진 꿈을 꾸며, 주위에서는 '가능하지 않은 쓸데없는 꿈'이라고 비웃었지만, 그럴수록 나의 꿈에 대한 열망은 더 확고해졌다

하루는 독일에서 어학연수 프로그램 수업이 끝나고 학교 앞을 나오는데, 현지 유학원에서 전단지를 나눠주고 있었다. 처음에는 그냥

버리려다 궁금한 마음에 한번 읽어 보았다. 그런데 그 전단지에서 눈을 뗄 수 없었다. 바로 큰돈을 들이지 않고도 유학을 할 수 있는 '워킹 홀리데이'가 가능하다는 것이었다. 독일 가정집에서 숙식을 하며, 아이들의 육아를 전담해주는 외국인 유학생을 구한다는 내용의 전단지였다. 숙식 제공과 월급, 그리고 부잣집에서는 학교 공부도 시켜주는 곳도 있었다. 그 당시 미국 '워킹 홀리데이'가 한국에서 선풍적인 인기를 끌었을 때였다. 나는 기회라고 생각하고 결심했다. 한국에 귀국해서 꼭 다시 돌아오겠다고 생각하며 독일에서의 생활을 상상해 보기도 했다. 꿈을 이룰 수 있을 것이라고 확신했다.

그럼에도 불구하고

부푼 꿈을 안고 나는 한국으로 돌아왔다. 비행기에서 내리는 순간, 편해지는 마음과 뭔가 홀가분해지는 기분이 나를 마구 흔들어 놓았다. 자꾸 내 꿈이 흐트러지는 듯했다. 마음을 다잡고 가족이 있는 곳으로 발걸음을 옮겼다. 하지만 가슴 속의 울림은 그대로였다.

집에 도착한 후 가족의 환대를 받았고, 학교에서도 인기녀로 급부상했다. 그 당시의 해외여행이라는 것은 특별한 사람만이 갈 수 있는 전유물이라고 생각했다. 제주도도 가본 사람이 별로 없을 정도였다. 더군다나 나는 수도권에서 살지 않았고, 목포라는 작은 소도시에서 살았기 때문에 그럴 기회가 흔치 않았다. 교수님께서는 나와 선배 언니의 배낭여행과 연수 프로그램 체험담에 대해 강의 준비를 하라고 요구하셨다. 우리는 다른 이들의 부러움을 한껏 받으며 가슴 뛰었던 그 순간들을 이야기했다. 듣는 사람들은 모두 반짝이는 눈으로 우리를 바라봤다. 마치 내가 대학교수가 되어 유학 생활의 경험담을 이야기하는 듯했다.

더 이상 지체할 수가 없었다. 꿈을 위해서 하루라도 빨리 진행해야 했다. 대학 졸업과 동시에 나는 독일로 떠나리라 입버릇처럼 얘기하고 다녔다. 학교에서도, 집에서도 모두 미쳤다고 했다. 하지만 나는 개의치 않았다. 그럴 때마다, 파리에서 만났던 그녀의 말을 계속 되새기며 마음을 다잡았다. 그렇게 2년이 흘렀고, 22살 겨울이 되었다. 같은 과 선배가 먼저 독일로 유학 가는 것을 보고 더 자극을 받았다. 하루라도 빨리 가고 싶었다. 부모님께 선전포고를 했다.

"엄마, 아빠! 나 독일 갈게!"

부모님은 어이없다는 듯이 쳐다보셨다.

"쓸데없는 소리하지 말고, 취직 준비나 해야? 뱃속에 바람만 잔뜩 들어갖고."

예상하고 있었지만, 앞이 깜깜했다.

"왜? 가면 안 돼? 난 가고 싶은데. 돈도 많이 안 들어! 비행기 표하고 용돈만 준비해줘요! 내가 다 갚을게!"

부모님은 들은 척도 안 하셨다. 하지만 난 계속 얘기했다. 아니 일방적인 통보에 가까웠다. 그러면서 나는 이미 독일 현지에 먹고 자고 일할 가정집을 교수님을 통해 알선받았다. 부모님의 허락만 떨어지면

'굿바이, 대한민국'이었다. 부모님의 설득은 쉬운 일이 아니었다. 돈도 돈이지만, 2남 1녀 중 막내인 내가 먼 타국으로 간다는 것이 마음에 걸리셨던 모양이었다. 그리고 내가 졸업을 해서 빨리 취직을 하였으면 하는 바람이셨다. 그러나 나는 굴하지 않고, 계속 독일 유학을 추진하였다. 그리고 마침내 극적으로 부모님의 허락을 받았다. 훗날 아버지가 말씀해 주셨는데, 엄마가 밤새 우시며 결정을 하셨다고 했다. 나는 꼭 성공하리라 굳게 다짐했다.

2000년 12월이 되었다. 2001년 1월경에 독일로 떠나기로 결정했고, 현지에 먼저 가 있던 선배 언니와 많은 통화를 했다. 설렘 반, 걱정반으로 하루하루를 지냈다. 그런데 나에게 청천벽력 같은 소식이 들려왔다. 그것은 바로 아버지의 퇴직 소식이었다. 시청에서 청소부로 근무하셨던 아버지는 평소에 왼쪽 다리의 통증을 많이 느끼셨다. 그런데 그 다리의 병증이 더 악화되어 더는 근무를 할 수 없게 되셨다. 그래서 갑자기 퇴직하실 수밖에 없으셨다. 그릇 공장에 다니셨던 엄마가 혼자 생계를 책임지셔야 하는 상황이었다. 오빠들도 마찬가지였지만, 나 역시 돈을 벌어야 했다. 그 상황에서 나 혼자 꿈을 이루겠다고 독일로 갈 수는 없었다. 집안의 어려움을 외면할 수가 없었다. 내꿈을 위해 노력했지만, 시작도 못 해보고 출발부터 이렇게 좌절되고말았다.

"상미야! 미안하다. 아버지 때문에 못 가게 돼서 미안하다."

아버지는 눈물을 보이시며 말씀하셨다. 그렇지 않아도 야윈 얼굴이 더 말라 보였다. 독일에 가지 않더라도 이룰 수 있는 꿈이 아니냐고 말할 수 있지만, 교수가 되기 위해 유학은 꼭 필요한 과정이었다.

나는 일단 꿈을 접었다. 주변의 어쩔 수 없는 상황들은 나를 더 이상 꿈꿀 수 없게 했다. 돈을 벌어야 했다. 일이라고 생긴 것은 모두 다 해야 했다. 오빠들은 추운 겨울에 막노동일을 해서 돈을 벌었다. 나는 편의점에서 아르바이트를 했고, 마트에서 한겨울에 냉동 만두를 팔았다. 눈 내리는 마트 앞 거리에서 포장을 펼치고 꽁꽁 언 발을 동동 구르며 냉동 만두를 팔았다. 몹시 추웠다. 주유소에서 일을 할 때는 손이 얼어 터지는 듯했다. 한겨울에 세차까지 하느라 내 손은 만신창이가 되었다. 독일어 과외가 우연히 생겨 밤에는 과외를 했고, 편의점 아르바이트와 마트 일을 병행했다. 그렇게 돈을 벌었다. 모든 계획이 취소되었지만, 슬퍼하고 좌절할 시간조차 없었다. 돈은 사람을 강하게 만들기도 했다.

한 달쯤 지난 후, 학교에 갈 일이 있어 잠깐 들렀다. 오랜만에 친구들과 수다도 떨고, 맛있는 것도 먹고 모처럼 여유를 부렸다. 그날은 왜 그리도 추웠는지 모르겠다. 학과 사무실에서 볼일을 본 후, 교정을 걷고 있는데, 게시판이 내 눈을 사로잡았다. 늘 같은 자리에 있던 게시판이었는데도 나는 대학 생활 3년이 지난 후에야 그곳에 게시판이 있다는 것을 알았다. 그 게시판에는 아주 촌스러운 포스터가 한 장 붙어 있었다. 포스터 안에는 경찰제복을 입은 남자와 여자가 부자연스럽게 서 있었다. 그리고 포스터 맨 위에는 '경찰관(순경) 채용 공고'라는 글귀가 적혀 있었다. 일 년 전 포스터였는데도, 눈을 뗄 수 없었다. 그냥 이상한 기운이 감돌았다. 한참 포스터를 쳐다보다 집으로 발걸음을 옮겼다. 버스 정류장까지 걸어가면서, 차를 타고 가는 40분 동안, 버스에서 내려 집으로 걸어가는 30분을 계속 그 포스터 생각만 했다. 정확히 말하자면, 포스터가 아닌 '경찰관 채용'이라는 문구였을 것이다.

어차피, 대학교수의 꿈은 접었다. 대학 졸업을 일 년 남긴 상태에서 취업 걱정을 하지 않을 수 없었다. 뭐니뭐니해도 공무원은 안정된 직업이었고, 공무원이라면 부모님도 정말 좋아하실 것이라고 생각했다. 나 역시 취업을 해야 하는 상황이었고, 이왕이면 안정적인 공무원이면 좋을 것 같았다. 국어, 국사 과목은 고등학교 다닐 때, 늘 성적이 좋지 않았기에 다른 직종의 공무원 시험은 생각해보지도 않았다. 국어, 국사 시험이 없었던 경찰 공무원이 나에게 유리하다고 판단했다. 그리고 결정했다. 경찰관(여경)이 되기로. 대학교수라는 꿈이 좌절되었다고 허송세월을 보낼 수는 없었다. 그리고 새로운 꿈을 위해 다시 내 마음의 열정에 불을 지폈다. 빨리 활활 타오르기를 간절히 빌었다. 그렇게 경찰관이라는 새로운 꿈을 갖게 되었다.

무라카미 하루키는 그의 저서인 《상실의 시대》에서 인생을 행복과 불행이 함께 공존하는 비스킷 통이라고 비유했다.

'인생이란 비스킷 통이라고 생각하면 돼요. 비스킷 통에 비스킷이 가득 들어있고, 통 안에는 좋아하는 것과 그렇게 좋아하지 않는 것이 있잖아요? 그래서 먼저 좋아하는 것을 자꾸 먹어버리면, 그다음에는 좋아하지 않는 것만 남게 되죠. 난 괴로운 일이 생기면 언제나 그렇게 생각해요. 지금 이 일을 겪어 두면 나중에 편해진다고, 인생은 비스킷 통이다.'

나도 꼭 이루고 싶은 꿈이 있었지만, 어쩔 수 없이 포기했다. 그리고 다른 꿈을 가지게 되었다. 처음 꿈이 좌절되었을 때, 나는 내 인생에 불행만 있다고 생각했다. 하지만 비스킷 통에 들어있는 좋아하지 않는 불행을 다 먹었으니, 이제는 좋아하는 행복만 남았으리라 생각했다. 어쩔 수 없이 나에게 온 새로운 꿈이 행복이 될 수 있을지 모를 일이었다. 혹시 이 책을 읽는 독자 중에서 어려운 상황 때문에 무언가를 포기하거나 좌절했던 이가 있다면, 이 말을 꼭 기억하자.

"인생의 진정한 기쁨은 스스로 중요하게 생각하는 목적을 위해 자신을 쓰는 것이다. 세상이 자신을 행복하게 만들어 주지 않는다고 불평하며, 배 아파하고, 열병을 앓는 이기적인 고깃덩어리는 진정한 기쁨을 얻을 수 없다. 나는 나의 인생이 전체 사회에 속해 있으며, 내가 살아 있는 동안 사회를 위해 무엇을 할 수 있다는 것을 나의 특권이라고 생각한다."

조지 버나드 쇼

처음부터 가슴 뛰지 않는 꿈도 꿈이다

어떤 사람들은 '꿈'이라는 것은 이룰 수 없는 것이라고 말하기도 한다. 그래서 그들은 불가능한 것을 '꿈'이라고 부른다. 이루지 못할 그 일이 마치 이루어진 것처럼 상상을 하면, 가슴이 뛰고 설렌다고 한다.

건설회사에 다니는 그는 일주일에 한 번씩 '로또 복권'을 산다. 그가 복권을 매주 사는 이유는 당연히 '인생 한방'을 노리기 때문이다. 복권을 사서 추첨이 있는 토요일까지 매일매일 멋진 꿈을 상상한다. '당첨되면, 당장에 이 직장을 때려쳐야지! 그리고 벤츠를 살 거야. 그것도 현금으로. 직장은 그냥 다닐까? 그만두면 아깝잖아. 그냥 용돈 벌이라도 해야지. 그리고 큰 집을 사야겠어. 연예인들이 사는 그런 집으로 말이야. 또 뭘 해야 하나? 부모님께 통 크게 용돈을 팍팍 드려야지. 남은 돈은 저금했다가 필요할 때 쓰는 거야. 여행도 다니고, 좋은

옷도 사고. 돈이 없어 못하지, 할 게 없어 못하는 것은 없어!'

그는 실현 불가능한 꿈을 늘 이렇게 상상한다. 이 꿈을 설계할 때마다 설레고, 가슴이 뛴다고 한다. 그리고 일주일을 그 설렘 하나만 믿고 산다. 그게 사는 낙이라고 말한다. 하지만 그 설레고, 떨렸던 꿈은 언제나 이루어지지 않았다. 복권이 당첨되지 않기 때문이다. 그는 또다시 복권을 산다. 그리고 같은 꿈을 반복해서 설계한다. 그가 생각하는 '꿈'이라는 놈은 실현 가능성이 희박한 망상일 뿐이다.

또 어떤 사람들은 '꿈'이라는 것이 너무 자주 바뀐다. '꿈'을 설계하고 도전하며 다시 포기하기를 수없이 반복하는 사람이 있다. 그래서 설레지도 않고 가슴 뛰는 것도 느끼지 못한다. 상황에 따라 꿈이 변하고, 시간이 흐르면 다시 시들해지기도 한다.

대학 졸업 후 평범한 직장에 다니는 그녀는 다른 사람들과 같은 일상을 산다. 그녀는 아침에 일어나 회사에 출근하고, 퇴근을 하면 늘 TV를 보며 남은 시간을 보낸다. TV를 보다가 멋진 디자이너의 성공한 모습이 나오면, 그녀 역시 디자이너가 되겠다고 결심한다. 그리고 인터넷을 통해 '디자이너'라는 직업에 대해 연구하고 공부한다. 어떻게 하면 디자이너가 될 수 있는지, 무엇을 공부해야 하는지 찾아보기도 한다. 나름대로 디자이너가 되기 위해 이것저것 다 해보지만, 결국 한 달도 못 가서 시들해지고 만다. 그런 그녀가 우연히 길가에서 동창을 만났다. 그녀의 친구는 전공을 살려 재무 설계사를 하고 있다고 했다. 평범한 자신보다 더 멋져 보였던 친구의 모습을 보고, 그녀는 또다시 '재무 설계사'라는 직업을 갖기로 결심한다. 그리고 역시나 한 달도 지나지 않아 포기하고 만다.

"왜 나는 가슴이 뛰지 않지? 열심히 하고 싶다는 생각도 들지 않고, 점점 가면 갈수록 왜 시들해지는 거야! 나도 무엇인가에 빠져서 미치고 싶은데, 이상하게도 특별히 하고 싶은 게 없어. 주위에서는 설레는 마음으로 꿈을 꾸고 이루었다는데, 나에게는 그런 열정이 생기지 않아!"

그녀의 꿈은 항상 변한다. 이거다 싶으면 싫어지고, 저거다 싶으면 또 싫증이 난다. 과감하게 도전이라도 하려면, 너무 어려운 일들을 감당할 수 없어 스스로 포기하고 만다. 쉽게 쉽게 이룰 수 있는 꿈을 그녀는 찾고 있는 것이다. 하지만 꿈이라는 것은 결코 쉬운 상대가 아니라는 것을 그녀는 아직 모르고 있다.

나 역시 가슴 떨리고, 꼭 이루고 싶었던 '꿈'이 있었다. 대학교수가 되어, 내가 원하는 일을 하고 싶었다. 꿈을 이루는 과정에서 겪을 수 있는 여러 가지 일들을 다 내 것으로 만들고 싶었다. 생각만 해도 가슴 뛰는 꿈이었다. 복권 당첨처럼 확률이 아주 낮은 꿈도 아니었으며, 조금의 설렘도 없는 평범한 꿈도 아니었다. 지금도 생각하면, 가슴 떨렸던 꿈이었건만 어쩔 수 없이 포기해야 했다. 그리고 경찰관이라는 새로움 꿈이 생겼다. 새로운 꿈은 나에게 진한 가슴 떨림도, 애틋함도 없이 내 곁으로 왔다. 다만, 어떻게든 꼭 이루어야 하는 어쩔 수 없는 꿈이었다. 절대 포기해서도 안 되며, 실패도 허락되지 않았다. 내 자존심과 기울어져 가는 우리 집을 위해서라도 반드시 이루어야 했다.

'꿈'이라는 것은 뭘까? 사람들은 어떤 것을 진정한 꿈이라고 믿고 있는 걸까? '꿈'은 반드시 가슴에서 '쿵쾅쿵쾅'하는 소리가 나야 진정한 꿈일까? 다시 말해, 가슴의 울림이 없고 느낌이라는 것을 받지 못하면, 꿈이 아닐까? 설레는 꿈을 가지고 있거나, 꿈을 이룬 후에는 행복할까? 과연 간절히 원하던 꿈을 이룬 사람은 늘 행복하고 좋기만 할까? 아닐 것이다. 꿈을 이룬 그들도 분명 힘들고 지치고 포기하고 싶을 때가 한두 번이 아니었을 것이다. 늘 설레지도 않았을 것이다. 놀고 싶기도 하고, 지겹기도 하고, 타의에 의해 불행해질 수도 있었을 것이다. 항상 가슴 뛰게 하고, 행복하게 하는 꿈을 이룬 사람이 과연 얼마나 될까?

나는 많은 날들을 내가 버린 꿈과 새로 만들어가야 하는 꿈 사이에서 끝없는 줄다리기를 하며 가슴 아파했고, 또 스스로 위로를 하기도 했다. 내가 버린 꿈과 새로 다가올 꿈을 위해서. 건배.

어쩔 수 없이 선택한, 경찰관이라는 꿈은 내게 가슴 뛰는 설렘을 주지 못했다. 하지만 내 꿈이라고 믿으면, 가슴 떨림이 느껴질지도 모른다. 적어도 꿈이 없는 사람들보다 성취할 가능성이 더 크다고 생각했다. 같은 직업을 선택한다고 하더라도, 어떤 사람에게는 꿈을 이룬 것이고, 또 어떤 사람에게는 그냥 삶이라고 여겨질지도 모른다. 생각하기에 따라서 꿈의 직장일 수도 아닐 수도 있다. 대체 어떤 꿈이 처음부터 가슴이 뛰는 것인가? 얼마나 대단한 꿈이기에 온종일 가슴이 뛸 수 있을까?

내가 생각하는 꿈은, 처음부터 가슴이 뛰지 않아도 꿈이고, 하루 온종일 계속 설렐 수도 없으며, 설렐 수도 있는 게 꿈이다. 가슴이 뛴다고 해서 내가 원하던 꿈도 아니며, 더 이상 열정이 생기지 않는다고 쉽게 포기해버려서도 안 되는 게 꿈이다. 어느 누구나 설계할 수 있고, 어느 누구나 이룰 수 있는 것이 꿈이다. 가슴이 뛰지 않는다고 중도에 포기하는 것은 꿈이 아니다. 처음부터 가슴이 뛰지 않는 꿈도 꿈이다. 원래 꿈은 경찰관이 아니었다고, 경찰에 대한 열정이 생기지 않는다고 해서 절대 포기하지 말자. 꿈은 만들어지는 것이다. 꿈을 이루겠다는 의지가 생겼다면 열정은 그림자처럼 따라올 것이다.

꿈을 위해 가슴을 뛰게 하라

'꿈'이라는 녀석은 참 변덕스럽다. 이거 아니면 안 된다고 울부짖다가도, 어쩔 수 없는 상황 때문에 꿈이 달라졌으니 빨리 꺼내달라고 아우성치기도 한다. 혹시 이와 비슷한 경험을 하고 있는 사람이 있다면, 가슴속의 외침을 무시하지 말아야 한다. 그게 진짜 꿈이 될 수도 있다. 내 꿈 역시 그랬다. 처음엔 '대학교수' 아니면 안 된다고 하더니, 이제는 '경찰관'이라는 꿈이 어서 꺼내달라고 한다.

부모님께 경찰관 시험 준비를 하겠다고 말씀드렸다. 아니 통보라고 하는 게 맞다.

"엄마, 아빠! 나 여경 시험 볼래!"

"뭐? 되지도 않는 소리 하고 있네! 네가 어떻게 경찰이 되냐고!"

엄마는 시작부터 찬물을 끼얹었다. 언제는 독일 가겠다고 난리 치더니, 이제는 경찰이 되겠다고 하니 어이가 없으셨던 모양이다. 그도 그럴 것이 그 당시에는 여경이 흔치 않은 존재였고, 경찰은 무엇인가 특별해야 될 수 있다고 생각했던 때였다. 그래서 엄마는 혹여 내가 좌절을 할까 걱정이 되셨던 것 같다. 처음부터 못 하게 하는 것이 날 위한 일이라고 생각하셨으리라. 그러나 나는 포기하지 않았다. 해보지도 않고 포기하는 것은 굉장히 자존심 상하는 일이었다.

"엄마! 나 할 거야! 두고 봐! 내가 되는지 안 되는지!"

"마음대로 해라. 그 대신 휴학 같은 거는 하지 마라! 졸업해서 빨리 돈 벌 생각을 해야재! 바람만 들어갖고. 니 알아서 해!"

어려웠던 집안 탓에 학교 휴학 생각은 나 역시 하지 못했다. 휴학을 해서 집중적으로 여경 시험 준비를 해도 붙을까 말까 하는 데 쉽게 휴학을 할 수 있는 상황이 아니었다. 그래서 학교에 다니면서 공부하기로 했다. 수강 신청 시 전공이나 교양 과목 수업을 3일만 받을 수 있도록 시간표를 짰다. 3일 동안 학교수업을 듣고 나머지 시간은 경찰시험 공부에 전념했다. 수업이 5시 전에 끝나면, 나는 늘 집 근처 공공 도서관으로 향했다. 그곳은 하루에 500원만 내면 사용할 수 있었다. 그래서 하루에 3,000원 받았던 용돈 중 500원을 도서관에 투자했다. 정각 열 시가 되면 도서관은 문을 닫기 때문에 수업이 있는 날은, 하루에 4시간 정도를 공부하는데 투자했다. 저녁 식사는 도서관 자판기에서 뽑을 수 있는 율무차 같은 것을 마셨다. 너무 배가 고프면, 매점에서 과자를 사다가 책을 보면서 먹었다. 처음 해보는 법학 공부는 나를 당황하게 만들었고, 시작한 지 얼마 되지 않아 포기할까 고민도 했다.

　책을 사야 했다. 시험 과목이 다섯 과목이었는데, 적어도 다섯 권의 책이 필요했다. 혼자 알아서 하겠다고 큰소리치고서 엄마에게 책값을 달라고 하지 못했다. 사실 엄마는 내가 첫 시험을 보기 전까지 경찰시험을 준비하는지도 몰랐다. 서점에 들러서 경찰관 채용시험 수험서에는 어떤 책이 있으며, 책값이 얼마인지 알아보았다. 그때는 스마트 폰이나 태블릿 PC가 없을 때라 서점에 가지 않으면 어떤 책들이 있는지 볼 수가 없었다. 가끔 힘들고 지칠 때는 서점에 가서 경찰시험과 관련된 책을 읽어 보기도 했다. 형법이나 형사소송법은 거의 대학 전공서보다 더 두껍고 무거웠다. 가격도 꽤 비싸서 살 엄두가 나지 않았다. 할 수 없이 선택한 것이 중고 도서였다. 주변에서 흔히 찾아볼 수 있었던 중고 책방에 가서 공부해야 할 책들을 모조리 샀다. 대학에 입학하면서 하루에 천 원씩 저금했던 비상금을 책 사는 데 투자했다.

　처음 해보는 법 공부는 너무 어려웠다. 그렇다고 다른 사람들처럼 학원에 다닐 수 있는 형편도 아니었다. 그래서 공부에 도움이 될 것 같은 생각에 강의테이프를 구입했다. 학교에 오갈 때나, 혼자 멍하게 있을 때 그 테이프를 반복해서 들었다. 낯선 법률용어에 익숙해지기 위한 노력이었다. 어려운 용어들이 이해가 되면서 제대로 된 공부를 하기 시작했다. 독학으로 하는 공부는 결코 만만하지 않았다. 때로는 책값도 제대로 지원 못 하는 엄마가 밉기도 했다. 남들처럼 학원도 다니고 싶었고, 모의고사 문제지도 사고 싶었다. 엄마에게 말씀드렸으면 분명 해주셨겠지만 이미 스스로 해결하겠다고 결심했고, 혹시라도 시험에 떨어졌을 때, 자존심을 지키고 싶어서였다. 보름쯤 지났을 무렵, 나와 매우 친했던 친구가 도서관으로 찾아왔다. 그녀는 토익 공부를 하고 있었다.

"상미야! 뭐해? 아, 참, 너 경찰시험 준비한다고 했지? 재밌어? 할 만해?"

"아니야, 별로 재밌지도 않고, 솔직히 어렵고 힘들어. 괜히 했다는 생각도 들어."

"진짜? 어디 봐봐! 우와, 이런 걸 어떻게 공부해? 법대생도 아니고…."

"그렇지? 그래도 해야지. 나는 더 이상 하고 싶은 것도, 할 수 있는 것도 없어. 난 여기에 목숨 걸었어!"

"그래, 열심히 해봐! 너는 이미 잘하고 있어. 괜히 했다고 후회하다가도, 목숨까지 걸었다고 말했잖아. 솔직히 전혀 하고 싶지 않은 거면, 이렇게 하겠냐? 네가 어떤 애인데?"

친구는 그렇게 말하고 사라졌다. 내가 어떤 사람이기에 친구가 저렇게 말하나 궁금하기도 했다. 지금 생각해보면, 나는 목표가 정해지면 끝까지 했던 것 같다. 포기라는 것도, 다음이라는 것도 나는 생각하지 않았다. 할 수 있을 것으로 생각했다. 하지만 여전히 가슴은 뛰지 않았다. 책을 보면서 '어렵고, 재미없다.'라고 생각했을 뿐, 설렘은 느낄 수 없었다.

그날도, 늘 똑같은 하루였다. 학교 수업이 끝나고 도서관으로 갔고, 밤 10시가 되어 도서관 밖을 나왔다. 집으로 걸어가면서, 두 달 후쯤 있을 첫 시험을 봐야 하나, 말아야 하나 생각을 했다. 그날도 역시 경찰이라는 꿈은 가슴을 뛰게 하지 않았다. 뛰지 않는 내 가슴에는 헌책 두 권이 안겨져 있을 뿐이었다. 그런데 그때, 내 옆을 지나가는 차가 있었는데, 바로 경찰 순찰차였다. 경찰관이 되겠다고 생각하기 전에는 순찰차가 지나가든지 말든지 관심도 없었다. 경찰이 되겠다고 결심한 이후에도 별로 달라진 게 없었다. 그런데 그날은 좀 이상했다. 무엇인가가 가슴속을 후비는 것 같았다. 말로 표현하기에는 참 어렵지만, 가슴속에 뭔가 찌릿찌릿한 것이 박히는 느낌이었다. 지금 글을 쓰고 있는 이 순간에도 그때의 묘한 느낌이 되살아난다. 그 기분은 내가 스무 살 때, 독일에 가서 본 대학을 처음 보았을 때 느낌과 비슷했다. 나는 그 순찰차를 계속해서 보고 있었다. 반짝이는 경광등이 저 멀리 보이지 않을 때까지 쳐다보았다. 가슴속에서는 더 큰 울림이 일어나기 시작했다. 경찰에 대한 설렘을 처음 느꼈던 날이었다. 지금까지 가슴을 뛰게 할만한 아무것도 없었다. 일부러 "뛰어라! 뛰어라!"하며,

주문을 외운 것도 아니었다. 단지 내 마음속으로 "되어야 한다. 될 것이다!"하며, 재미있지는 않지만 열심히 공부를 했을 뿐이었다. 매일 도서관으로 향하는 행동이 반복되면서 마음속에 이미 '가슴 뛰는 꿈'으로 자리 잡았던 것 같다.

나는 그 날 이후로, 순찰차를 타고 근무하는 경찰관이 된 나의 모습을 상상했다. 그리고 계속해서 스스로 동기 부여를 했다. 그랬더니 거짓말처럼 경찰이라는 단어만 봐도 가슴이 뛰는 것을 느낄 수 있었다. 나의 가능성을 스스로 인정할 수밖에 없었다. 가슴이 뛰지 않는 꿈을, 가슴을 뛰게 할 수 있었던 가능성을 난 믿었다. 이제 대한민국 경찰이 되는 일만 남았다.

가슴에 꿈틀꿈틀한 무엇인가가 느껴진다면, 절대 외면하지 말자. 꿈이 어서 꺼내달라 신호를 보내는 것이다. 어쩔 수 없이 꿈을 바꿨다면, 꿈을 위해 가슴을 뛰게 하는 것도 자신이 할 일이다. 경찰관이 되고자 하는가? 어쩔 수 없이 선택한 길이었나? 마지못해 선택한 길이었다고 하더라도, 이제 당신의 것이 될 수 있게 만들어야 한다. 가슴이 뛰지 않는 꿈도 절대 외면하지 말자.

대한민국 대표 경찰을 꿈꾸다

경찰관이 된다는 것을 상상해 보았는가? 경찰 제복과 경찰 모자를 착용하고, 순찰 차량을 운전하는 자신의 모습을 떠올려 보라. 경찰관이 된 내 모습을 상상하는 것만으로도 강한 동기부여가 되었다.

난독증이 있는 고교 중퇴자에서 세계적인 기업가가 된, 버진 그룹 리처드 브랜슨 회장은 그의 저서 《내가 상상하면 현실이 된다》에서 꿈과 도전에 관해 이렇게 말했다.

"무엇이 되고자 하든, 무엇을 하고자 하든 간에 우리는 해낼 수 있다. 이유는 없다. 그저 할 수 있기 때문이다. 앞으로 나아가 첫걸음을 디뎌라. 일단 해봐라. 결과는 이미 정해져 있다."

그는 무엇이든지 되고자 한다면 그 모습을 상상하고, 바로 실행에 옮기라고 말하고 있다. 나 역시 미래의 경찰관이 된 모습을 상상하는 것만으로도 꿈을 위해 한 발짝 다가갔다는 사실을 알았다. 막연히 '경찰관이 되겠다.'는 결심만 하고, 무작정 공부만 했더라면, 경찰관이 이처럼 빨리 되지는 못했을 것이다. 이미 이루어진 것이라고 생각을 하니, 더 자신감이 생겼다.

2012년 2월 KBS '다큐멘터리 3일'에서 〈그럼에도 불구하고 노량진 편〉이 방영되었다. 공무원, 경찰 공무원, 임용 고시 시험 준비를 하는 수험생들의 이야기를 다룬 다큐멘터리였다.

청춘의 한가운데에서 노량진 고시학원을 선택할 수밖에 없는 수험생들의 절박한 모습이 비쳤다. 트레이닝복을 입고, 가까운 포장마차에서 간단히 식사를 해결하는 모습. 좁은 고시원 방 벽 한쪽에는 '출사표'라는 글을 붙여두고, 꼭 될 것이라는 믿음을 가지고 공부하는 모습. 힘들지만 청춘이기에 버틸 수 있다고 말하는 수험생. 여러 번의 실패를 겪고도 다시 도전할 수밖에 없는 수험생들의 이야기가 전개되었다.

이 중에서 내가 가장 공감할 수 있었던 장면이 있었다. 경찰 공무원을 준비하는 세 명의 남자 수험생들이 서로 힘든 점을 인터뷰하는 장면이었다. 절대 연출된 장면이 아닌듯했다. 때마침, 인터뷰 도중에 그들 옆으로 순찰차 한 대가 지나갔다. 인터뷰를 하던 세 남학생의 눈은 동시에 그 순찰차를 향했다. 누가 시키지도 않았는데도 마치 미리 짜인 시나리오처럼, 그들은 순찰차의 모습이 보이지 않을 때까지 계속해서 바라보고 있었다. 순찰차가 보이지 않자, 인터뷰하던 한 학생이 이렇게 말했다.

"아! 진짜! 저 순찰차 꼭 타고 말 거예요! 순찰차만 보면 가슴이 두근거리고, 그들의 모습이 정말 부러워요. 언젠가 저도 경찰이 되어서 꼭 탈 수 있겠지요? 정말, 다음 시험엔 합격했으면 좋겠어요."

그들의 소망은 간절했고, 그들은 이미 가슴의 설렘을 느끼고 있었다. 그들도 12년 전에 내가 그랬듯이, 경찰관이 되어 순찰차를 타는 모습을 상상했을 것이다. 그리고 그 꿈을 이루리라 다짐했을 것이다. 나도 수험생이었을 때, 흐트러진 마음을 바로잡아주었던 것은, 설렘을 느꼈던 그 날을 기억하는 것이었다.

나의 경찰관 시험 준비는 몹시 힘들었다. 남들처럼 신간으로 된 책으로 공부한 것도 아니고 학원 강의도 받지 못하는 상황이었기 때문이다. 경찰관 제복을 입는 꿈을 꾸는 것으로 나를 위로할 수 있었다. 무작정 읽고, 공부했다. 평소에 잘 하지 못했던 영어도 새로 시작했다. 처음 접하는 형법, 형사소송법은 소설책을 읽듯이 계속 읽어나갔다. 생소한 단어가 나오면 당황스러웠지만, 그래도 계속 읽었다. 모든 공부는 이해와 적용이 전제되어야 한다. 그렇지 않으면, 응용력에서 무너지는 승부였다. 그래서 나만의 공부 규칙을 만들었고, 철저하게 지켰다.

첫째, 한 과목을 끝내고 다른 과목을 시작하는 것은 실패의 지름길이다. 나는 하루에 다섯 과목 모두 공부했다. 하루에 공부하는 시간이 10시간이라고 하면, 한 과목당 2시간 정도씩 공부했다. 예를 들어, 형법을 2시간 동안 공부를 했다면 바로 다른 과목으로 넘어갔다. 이는 한 과목만 집중적으로 했을 때 올 수 있는 지루함을 극복하기 위해서이다.

둘째, 하루 공부 분량이 끝난 후에는 시간이 남았더라도 그만 공부를 접는다. 하루에 공부를 해야 하는 분량을 정해놓았다. 목표로 한 공부 분량은 무슨 일이 있어도 모두 끝내기로 자신과 약속을 했다. 그리고 목표 분량이 끝난 후에는 시간이 남더라도 그날 공부는 끝냈다. 일반적으로 사람은 목표에 도달하게 되면, 긴장이 풀려 습득 능력이 저하된다. 그렇기 때문에, 더 이상의 공부는 의미가 없다고 생각했다. 그리고 남은 시간에는 서점에 가서 기출문제를 본다거나, 친구들을 만났다. 그게 더 효율적인 학습 방법이라고 확신했다.

셋째, 공부가 되지 않는 날에는 과감하게 책을 덮었다. 공부를 하다 보면, 유독 하기 싫은 날이 있다. 특히 공부를 시작하고 2개월 정도 지난 후에는 매너리즘에 빠지게 된다. 하루에 열 시간을 공부에 투자하는 사람이라면 두 달이면 다섯 과목 중 암기 과목은 두 번 이상은 공부할 수 있다. 이때부터 점점 능률이 오르지 않는다. 이유 없이 하기 싫고, 지겹게 느껴질 때가 있다면 계속해서 책과 씨름할 필요가 없다. 그럴 때는 과감히 책을 덮고, 다른 것을 해야 한다. 머리를 맑게 할 수 있는 것이나, 공부 스트레스에서 잠시 벗어날 수 있는 것을 해야 한다. 나는 아이쇼핑을 하거나, 미팅을 했었다. 자주는 아니었지만 머리가 복잡할 때에는 공부 생각을 안 해도 되는 일을 찾았다. 미팅을 했던 이유는 내가 경찰 공무원 시험 준비를 한다고 하면, 남자들의 시선이 달라졌기 때문이다. 그들은 나를 대단한 도전의식이 있는 여자로 여겼다. 그래서 미팅을 하거나 남녀가 같이 있을 때면, 내가 괜찮은 사람으로 느껴지기도 했다.

넷째, 대한민국 대표 경찰관을 꿈꾸다. 나는 경찰관 시험공부을 하면서 한 번도 경찰관이 되지 못할 것이라는 생각을 한 적이 없다. '안 되면 어쩌나, 될 수 있을까?'라는 의구심을 갖지 않았다. 꼭 대한민국 대표 경찰관이 되겠다고 꿈꿨다. 그냥 경찰관도 아니고, 이름을 널리 알릴 경찰관이 되겠다는 원대한 꿈을 가지고 있었다. 경찰 제복을 입고 있는 나의 모습을 상상하며, 설렘을 느꼈다. 대한민국 대표 경찰관의 모습은 지치고 힘든 나에게 가장 좋은 영양제였다.

스무 세 살 수험생 시절의 내 청춘은 많이 아프고 힘들었다. 하지만 내가 힘들 때, 흔들리지 않게 지켜줬던 것은 내가 꿈꿔온 미래 모습이었다. 그리고 마침내 대한민국 대표 경찰이 될 수 있는 첫 번째 기회가 찾아왔다.

또다시 찾아온 좌절,
절대 무릎 꿇지 않는다

    2001년 3월 경찰 공무원 1차 채용시험공고가 발표되었다. 아마도 3월경 공고가 나고 시험은 4월이었던 것으로 기억한다. 고작 3개월밖에 되지 않은 준비기간이었지만 나는 왠지 모를 자신감을 가지고 있었다. 시험 준비 기간 동안 나름대로 공부를 많이 해서 합격할 수 있을 것이라는 막연한 기대를 하고 있었다. 일단 응시 지역을 선택했다. 각 지방청별로 채용 경찰관의 인원이 달랐다. 그중에서 가장 많은 인원을 채용하는 A 지방청으로 원서를 제출했다. 경찰관은 국가 공무원으로 사는 지역과 상관없이 어느 곳에나 지원할 수 있다. 나는 '시험에만 합격할 수 있다면, 어느 곳이든 상관없다.'라고 생각했다. 지금은 절차가 일부 바뀌었지만 그 당시에는 필기시험을 치르기 전에 신체검사가 먼저 있었다. 신체검사의 기준에 부합하지 않으면 필기시험조차 치르지 못했다. 나는 원서를 제출하고, 신체검사를 받기 위해 시험장으로 향했다. 아침에 일찍 일어나 첫 열차를 타고 갔다. 신체검사장에는 정말 많은 수험생들이 모여 있었다. 채용예정인원보다 60배는 더 왔던 것 같다. 워낙에 경찰시험 경쟁률이 높은데다가 여경 경쟁률은 그보다 더 높았다. 그만큼 여성에게 인기 있는 직업이라는 것을 알 수 있었다. 중·고등학교 때 했던 신체검사와는 차원이 달랐다. 키, 몸무게, 시력, 청력 등 기본적인 검사를 통해 기준에 맞지 않은 신체 조건을 가진 수험생은 탈락한다. 직업을 갖기 위해 시작하는 첫 번째 관문이니만큼, 현장의 분위기도 사뭇 진지했다. 수험생들의 공통된 고민은 시력이었다. 시력이 기준치에 미치지 못할까 봐 여기저기서 시력검사표를 외우는 수험생도 있었다. 하지만 시력 측정은 다른 숫자와 기호로 된 다섯 개의 시력검사표가 사용되기 때문에, 외우는 것은 소용이 없었다. 실제로 시력 때문에 탈락한 수험생도 있었다. 내 차례가 되었다. 나는 준비된 순서대로 신체검사를 받았다. 긴장된 얼굴로 키, 몸무게, 청력 및 사지 완전성(신체 일부 장애가 있는지)을 검사받았다. 그리고 시력 측정을 위해 시력검사표 앞에 두 발을 모으고 섰다. 한쪽 시력은 괜찮았지만, 다른 한쪽 눈의 시력은 정말 간신히 통과를 했다.

　신체검사를 마치고 집으로 돌아오는 발걸음은 아주 가벼웠다. 금방이라도 내가 원하는 경찰관이 될 수 있으리라는 생각에 가슴이 벅차기도 했다. 이제 필기시험 합격만 하면, 다음 관문은 쉽게 넘어갈 수 있으리라 생각했다. 필기시험을 일주일을 남기고 마지막 정리를 시작했다. 모든 시험을 앞두고 가장 중요한 것은, 컨디션 조절이다. 몸 상태가 좋지 않으면 낭패를 볼 수 있기 때문이다. 나는 웬만하면 밤 10시 이후에는 공부를 하지 않았다. 남들은 잠을 5시간 정도밖에 자지 않는다고들 했지만, 나는 8시간 정도의 수면시간을 지켰다.

일주일 후 필기시험을 치르는 날이 되었다. 부모님과 친구들의 응원을 뒤로하고 수원에 있는 이모 집에서 하룻밤을 자고 시험 장소로 향했다. 시험장에 들어가니 더욱 긴장감이 고조되었다. 시험을 잘 봐야 한다는 부담감도 있었고, 꼭 되고 싶다는 간절함도 있었다. 그동안 공부한 것만 잘 기억해도 충분히 승산이 있으리라 생각했다. 시험이 시작되었다. 시험지를 받고 차근차근 문제를 풀었다. 쉬운 문제도 있었고, 정말 어렵고 까다로운 문제도 많았다. 답이 헷갈리는 문제도 있었고, 전혀 보지 못했던 내용도 있었다. 많이 당황했다. 나름대로 기출문제부터 예상문제, 해설까지 꼼꼼히 공부했는데 생각과 다른 방향의 문제들이 많이 출제되었다. 다섯 과목 중 세 과목은 자신 있게 잘 치렀고, 영어와 형사소송법은 자신이 없었다. 만족할 만큼은 아니었지만, 실수하지 않고 별 탈 없이 시험은 잘 끝났다. 시험장을 나서는데 뭔가 아쉬운 느낌이 들었다. 경찰관이 되지 못할 수도 있다는 생각을 처음으로 해봤다. 불합격을 한다면 싫증을 자주 느끼는 성격에 똑같은 공부를 계속할 수 있을까 하는 의문이 생겼다. 물론, 몇 년씩 공부했던 사람들과는 비교가 되지 않는다. 그들의 고통은 나보다 수십 배는 클 것이라고 인정한다. 나는 자신이 없었다. 독일 유학을 앞두고 좌절을 겪었기 때문에 또 한 번의 좌절은 스무 세 살 어린 청춘에게는 너무 가혹한 것이었다.

시험을 치른 후 4일이 지난 목요일에 필기시험 발표가 있었다. 불합격이라는 것을 이미 예감하고 있었지만, 한 가닥 희망을 품고 명단을 찾아보았다. 경찰관 필기시험 합격자는 채용예정인원의 1.5배에서 2배를 선발한다. 예를 들어, 30명이 채용예정 인원이면, 45명에서 60명을 선발한다. 그리고 3차, 4차, 5차 시험을 통해 최종 30명을 선발한다. 채용인원이 많아서인지 유난히 합격 인원이 많았다. 하지만 그 많은 명단 중에 내 이름은 찾아볼 수 없었다. 예상은 하고 있었지만, 크게 낙심했다. 학교에서도 명단을 확인했고, 불합격한 사실을 알게 된 친구들은 나를 많이 위로해 주었다. 나는 그날 속이 많이 상해서 술을 꽤 마셨던 걸로 기억한다. 밤늦게까지 술을 마시며 친구들에게 더 이상 경찰관 시험을 보지 않겠다고 선언했다. 친구들 역시 내가 얼마나 간절히 원했는지 알았기에 내 마음을 이해해 주었다.

시험에 떨어진 후 생활은 너무 힘이 들었다. 몇 번씩 실패해 본 사람들에게 나의 경우는 아무것도 아닐 수 있지만, 세상이 무너지는듯 했다. 그토록 원하던 대학 교수의 꿈을 가정 형편 때문에 포기하게 되었고, 새로운 꿈을 찾아 도전했지만, 또다시 좌절했다. 앞으로 내가 어떻게 해야 할지 도저히 갈피를 잡을 수가 없었다.

'계속 해야 하나? 또 시험을 봐야 하나?'

나 자신에게 수없이 물었다. 그런데 분명 아무도 없는데 이런 소리가 들리는 것 같았다.

'안 되면 어때? 다시 하면 되지! 안 될 수도 있는 게 당연한 거잖아! 너는 고작 한 번이야!'

갑자기 오기가 발동했다. 고작 한번 실패한 것으로 인생을 다 산 것처럼 축 처져있는 모습이 한심했다. 아직 젊으니 한 번은 더 도전할 수 있다고 생각했다. 그동안의 나약했던 내 모습이 창피했다. 다시 일어났다. 그리고 서점으로 향했다. 새 기분으로 공부하고 싶어 새 책을 사러 갔다. 매일 천 원씩 모아뒀던 비상금으로 새 책을 구입했다. 그전에 보던 책은 출처도 믿지 못할 곳이었기에 더 이상 보고 싶지 않았다. 내가 시험에 떨어진 것을 책 탓으로 돌리고 싶은 심정이었다. 또 도전해보기로 했다.

사람들은 갑자기 시련이 찾아오면, 자신이 불행한 사람이라고 생각한다. 그러나 반대로 생각해보면, 세상에 좌절과 시련 없이 살아가는 사람이 과연 있을까? 몇 번의 좌절과 실패를 겪고 나서 전혀 다른 새로운 일에 도전하는 사람도 있다. 나 역시 실패를 교훈 삼아 다시 도전하기로 마음을 굳혔다. 절대 흔들리지 않고, 절대 무릎 꿇지 않는 의지와 끈기가 있어야 할 것이다.

소프트뱅크 손정의 회장은 꿈과 열정에 대해 이렇게 말했다.

"99%의 사람들이 자신의 인생을 무엇에 걸 것인가를 결정하지 않고 살아갑니다! 우직하다는 소리를 들을지언정 한 우물을 파기 시작했으면 끝은 봐야겠지요? 우직하게 한 우물을 파는 근성이 없으면 큰 인물이 될 수 없습니다."

경제적 궁핍은
의지를 더 강하게 만든다

지금까지 해왔던 대로 계속한다면 당신은 지금까지 얻었던 것만을 얻을 수 있을 것입니다. 지금까지와는 다른 삶, 더 높은 삶의 질을 얻고자 한다면 가장 먼저 자신이 변화해야 합니다. 자신이 변화하지 않고 변화된 삶을 얻을 수는 없습니다. 변화를 추구하고 변화를 선택하십시오. 인생의 모습 또한 당신에게 맞추어 변화될 것입니다.

대학교수가 꿈이었던 나는 아버지의 퇴직으로 경찰관이 되겠다고 결심했다. 처음에는 그토록 간절하지 않았지만, 점점 절실한 꿈으로 바뀌었다. 아버지의 건강 악화와 퇴직은 우리 집의 경제적 여건을 나쁘게 했고, 우리 가족 모두는 돈을 벌어야 했다. 나 또한 여러 가지 아르바이트를 했고 경찰 공무원이라는 직업을 선택했다. 경찰관이라는 꿈도 경제적 궁핍에서 시작되었다. 많은 사람들은 그것을 꿈이라고 생각하지 않고, 돈을 벌기 위해 어쩔 수 없이 생긴 목표는 꿈이라고 인정하지 않겠지만, 나는 그렇게 생각하지 않는다. 꿈은 환상이 아니다. 무슨 이유에서든 되고자 하는 것, 하고자 하는 것은 모두 꿈이 될 수 있다.

경찰관 1차 시험에 떨어지고 난 후, 심한 좌절감을 느꼈다. 솔직히 나는 빨리 돈을 벌고 싶었다. 스무 세 살의 어린 나이에 '돈'에 대해 지나치게 집착하는 것 아니냐고 할 수 있다. 그렇지만 나는 졸업을 한 후 취직이 되지 않은 내 모습을 생각하면 용서할 수 없을 것 같았다. 엄마에게 당당하게 경찰관이 되겠다고 선포했었고, 빨리 돈을 벌어 부모님의 고생을 덜어 드리고 싶었다. 하지만 한번 실패하고 난 후 다시 시험에 도전한다는 것은 괴로운 일이었다. 스스로 자신을 인정하기가 어려웠고, 똑같은 내용의 공부를 몇 개월 동안 반복할 생각을 하니 한숨만 나왔다. 무엇 때문에 시험을 잘못 봤는지 원인을 찾지 못했다. '포기하지 마! 할 수 있어!'라고 속으로는 외치고 있었지만, 재도전은 쉽지 않은 일이었다. 또 한 번의 좌절을 겪고 싶지 않았던 마음이 더 컸을지도 모른다.

첫 번째 채용시험에서 실패한 지 한 달 정도 지났을 무렵이었다. 새 책만 잔뜩 사놓고 공부를 시작하지 못하고 있을 때였다. 실패의 두려움으로 마음의 문을 닫고 있었다. 그런데 우연히 여고 동창의 소식을 들었다. 그 친구는 키도 크고 얼굴도 예뻤다. 친구의 집은 내가 아는 바로는 꽤 잘 사는 집안이었다. 고등학교 때에도 그녀는 늘 새 가방과 새 학용품을 가지고 다녔다. 그리고 부모님이 고등학생인 친구에게 성형수술과 턱 교정을 시켜줄 정도로 개방적이었으며, 그런 모든 걸 충당해줄 만큼 재력도 좋았다. 공부는 썩 잘하지 못했다. 더군다나 학교도 자기 멋대로 나왔다 안 나오기를 반복했다. 수술과 교정을 위해 병원에 다니기 위한 핑계였다. 그래도 선생님들은 그녀를 매우 예뻐하셨다. 한동안 고등학교 졸업 이후 친구의 소식을 듣지 못했다. 어느 대학교에 갔는지도 몰랐었다. 그런데 다른 친구를 통해 그 친구의 소식을 들을 수 있었다.

"상미야! 요즘 뭐해? 공부 다시 해?"

"아니! 아직 시작 안 했어! 하반기에 시험 또 있는데 볼까 말까 고민 중이야!"

"그래도 다시 해야지. 그동안 한 게 아깝잖아!"

"그렇지? 그래서 하려고…."

"아! 근데 너 걔 소식 들었어?"

"누구?"

"지우 있잖아. 고등학교 때 부잣집 딸. 키 크고 말이야!"

"응. 그래. 기억나. 근데 왜? 무슨 일 있어?"

"걔네 아빠가 무슨 사업을 하시는데, 사업이 매우 잘 돼서 일본하고 중국까지 진출하셨대. 그래서 돈을 엄청나게 버셨나 봐. 지우는 대학 다니다가 지금 프랑스로 유학 갔대. 갔다 오면 중국에 있는 회사도 하나 물려준다고 했대. 수술도 얼마나 해댔는지 얼굴도 못 알아볼 정도라는데?"

그녀 소식에 나는 한참을 아무 말도 할 수 없었다. 나는 우리 집이 가난하다거나 못 산다고 생각하지 않았다. 거의 대부분 우리 집처럼 사는 것이 정상이라고 생각했다. 진정한 성공은 내가 노력해서 얻는 것이라고 배웠고, 또 그렇게 알고 있었다. 그런데 대학교수라는 꿈이 아버지의 퇴직 때문에 좌절되었고, 돈벌이를 위해 처음 도전한 경찰관의 꿈이 또 좌절되었다. 나는 꼭 꿈을 이루겠다고 아등바등 노력했지만, 상처만 남았다. 그런데 친구는 아무 노력도 하지 않고, 아등바등 살지도 않는다. 궁핍이라는 것이 무엇인지도 모르겠지.

갑자기 화가 났다. 내가 친구보다 못할 이유가 없었다. 부모의 재력에 무임승차해서 승승장구한다면, 나는 혼자 힘으로 꼭 이루고 말리라 다짐했다. 갑자기 승부욕이 마구 샘솟기 시작했다. 하반기에 있을 2001년 경찰채용시험을 다섯 달 앞두고 재도전 준비를 했다. 비록 밥벌이를 위해 선택한 경찰관이라는 직업이었지만, 그러기에 꿈에 대한 믿음은 더 강해지고 간절해질 수 있었다. 내가 경찰관이 될 수 있었던 중요한 원천, 그것은 바로 경제적 어려움이었다.

스물세 살,
대한민국 경찰이 되다

지금 책을 쓰는 중에도, 그날 생각만 하면 가슴이 벅차오른다. 그날은 내 인생 최고의 날이었다. 그토록 바라던 꿈이 이루어졌기 때문이다. 경제적 어려움을 원망하지 않고 오히려 발판으로 삼아 다시 경찰관이 되겠다며 공부를 시작했다. 항상 생각하는 것이지만, 공부는 늘 어렵고 하기 싫은 일이다. 똑같은 공부를 다시 하는 것은 괴로운 일이다. 재미가 너무 없었다. 지금 이 책을 읽고 있는 독자들 역시 이 과정을 겪고 있을지도 모른다.

몇 년 전 나는 경찰관 채용 면접관으로 선발되었다. 그때 수험생들의 반 이상이 한 번 이상의 실패를 경험한 사람들이었다. 이들은 모두 경찰관이 되기를 간절히 원했다. 그들의 표정과 어조에서 절실함이 묻어 있었다. 어느 남자 수험생의 자기소개 일부를 소개한다.

"안녕하십니까! 수험번호 ○○○번 ○○○입니다. 저는 지난 3년 간 경찰 공무원 시험을 다섯 번 보았습니다. 이번이 여섯 번째입니다. 총 여섯 번의 시험 중에 필기시험에 합격한 것은 이번이 처음입니다. 그래서 저는 무척 간절합니다. 일곱 번째 면접은 다시 보고 싶지 않습니다. 공부하던 책도 이미 너덜너덜해졌고, 맨날 공부하던 내용 이제 그만 보고 싶습니다. 솔직히 이제는 재미도 없고, 지칩니다. 제가 만약 이번 시험에 또 실패를 하더라도, 저는 다시 일곱 번째 시험을 준비할 것입니다. 하지만 이제는 같은 공부를 더 하고 싶지는 않습니다. 저의 이 소망이 이루어졌으면 좋겠습니다."

그는 많이 떨면서 말했다. 경찰관이 꼭 되리라는 희망을 품고 있으면서, 또다시 실패를 할까 두려워했다. 같은 책을 또 보고 싶지 않다는 그의 바람을 100% 공감할 수 있었다. 그 마음을 잘 안다.

13년 전 나도 그와 같았다. 다시 경찰관 시험에 도전했다. 한 번의 좌절을 겪고 나니, 나는 더 강해진 듯했다. 몸도 마음도 예전의 나의 모습과 많이 달라졌음을 느꼈다. 아니 '더 크게 성장했다.'라고 하는 것이 맞았다. 1차 시험 때와 마찬가지로, 학교 수업을 병행하면서 공부를 했다. 때마침 여름방학을 앞두고 있어서 경찰관 채용시험 공부에만 더욱 매진할 수 있었다. 나는 먼저 공부했던 중고 도서를 모두 버리고 이미 준비해둔 새 책으로 새롭게 공부를 시작했다. 처음부터 새 책으로 공부했었으면 좋았을 텐데 하는 생각이 들었다. 내가 보던 책은 형법, 형사소송법이 경찰시험에 처음 도입된 과목이었기에 경찰관채용전문 수험서가 아닌 다른 공무원 채용 수험서였다. 그래서 경찰관채용전문 수험서인 새 책으로 공부를 했다. 처음부터 다시 시작하는 것처럼, 천천히 정독했다. 중간 중간에 있는 문제도 꼼꼼히 풀었고, 문제 해설 또한 빠뜨리지 않고 정독했다. 거의 모두 아는 내용이었지만, 자만하지 않고 공부에 정진했다. 또 나만의 규칙을 만들어 같은 시간에 공부를 했고, 같은 시간에 공부를 끝냈다. 누가 뭐라 해도 내가 세워둔 목표까지 공부하면, 여지없이 책을 집어 던지고 노는데 집중했다. 활동적인 성격을 가진 내가 그렇게라도 하지 않으면, 엉덩이에 종기가 날 것 같았다. 도서관 근처에 있는 호프집에 자주 가서 노가리를 안주로 맥주를 마셨던 기억이 난다. 친구들과 어울려 노래방에도 갔고, 술을 너무 많이 마셔 필름이 끊겼던 적도 있었다. 물론 다음날 엄마에게 크게 혼이 났다. 술이 덜 깬 상태에서도 도서관에 가서 공부를 했다. 공부를 하다가 문득 드는 생각이 있었다. 내가 여고 시절 가장 못 했던 과목이 체육이었다. 당연히 달리기, 윗몸 일으키기 등 경찰관 체력측정이 걱정되었다. 필기시험도 치르지 않은 상태에서 체력측정을 걱정하는 것이 우스울 수도 있지만, 체력을 기를 필요가 있었다. 그래서 아침마다 일어나서 매일 달리기를 했다. 체력 측정을 위한 것도 있었지만, 아침을 운동으로 시작하니 공부하는데 집중이 더 잘

됐다. 밤에 집에 와서는 윗몸일으키기 연습을 하였고, 멀리뛰기 연습도 했다. 그렇게 경찰관이 되기 위해 틈틈이 운동까지 하면서 시간을 알차게 보내기 위해 노력했다. 암기 과목은 달달 외울 정도로 복습을 했고, 틀린 문제는 여러 번 확인하여 내 것으로 만들었다. 문제만 보면 답이 나올 정도로 공부를 하니 합격에 대한 자신감이 생겼다. 이렇게 공부를 하면서, 첫 시험 때 불합격할 수밖에 없었던 이유를 알아냈다. 그것은 바로 '우물 안 개구리' 공부법에서 벗어나지 못했기 때문이었다. '우물 안 개구리' 공부법은 경찰시험공부를 하는 수험생들에게 절대 하지 말라고 당부하는 공부법이다. 그리고 이것은 생각을 바꾸지 않으면, 벗어날 수 없는 방법이다.

'우물 안 개구리' 공부법이란, 자신이 공부하는 부분만 계속 공부하는 것이다. 어느 시험이나 마찬가지겠지만, 대부분의 수험생들은 자신들이 공부했던 부분만 계속해서 본다. 즉, 자신들이 공부하는 틀에서 크게 벗어나지 못한다. 책 한 권을 통째로 외운다고 해도, 분명 놓치는 부분이 있을 수밖에 없다. 같은 책을 수십 번 봐도 마찬가지다. 왜냐하면, 우리 눈은 항상 익숙한 것에만 반응하기 때문이다.

한 가지 예를 설명해 보자. A는 공부를 하면서 중요한 부분에 표시를 해두었다. 다음에 다시 책을 볼 때 확인하기로 한 것이다. A는 복습을 할 때에도 그 부분을 중점적으로 보았다. 책을 한번 다 보고 난 후, 다시 처음부터 시작했다. 이미 한 번을 봐서인지 훨씬 더 수월했다. 자신도 모르게 꼼꼼히 보지 못하고 중요하다고 표시해 둔 부분만 보게 되었다. 그렇게 한 번을 더 보았다. 물론 다른 부분들도 본다고 신경 썼지만, 이미 A의 시선은 중요하다고 표시해 둔 부분들에만 고정되었다. 익숙한 것에만 신경 쓰게 된 것이다. 그러면서 다른 부분들을 소홀하게 된다. 시험을 치른 A는 깜짝 놀랐다. 공부를 많이 했고, 여러 문제를 풀어보고, 중요한 부분은 더 확실히 챙겨 보았는데도 아리송한 문제가 많았다. 나는 새 책으로 공부하면서 이 문제점을 파악했다. 처음 공부했던 책으로 계속 공부를 했더라면, 봤던 부분만 공부했을 것이다. 만약, 이 책을 읽는 독자 중에 이런 방식으로 공부하고 있는 수험생이 있다면, 책을 새로 사길 바란다. 아니면, 서점에 가서 수험서를 대충 한 번이라도 훑어보길 바란다. 그럼 새로운 내용들이 눈에 들어올 것이다. 그리고 공부하는 수험서의 개정본이 발간이 되면, 개정본으로 공부를 해야 한다. 법안이나 판례가 바뀌는 경우도 많고, 추가되는 내용도 많기 때문이다. 나는 이러한 방법으로 공부를 다시 시작했으며, 내가 놓쳤던 부분을 보강할 수 있었다. 이번에는 꼭 합격할 수 있다는 자신감을 가지고, 대한민국 대표 경찰관이 되리라는 설렘을 가슴에 품고 나름대로 최선을 다했다.

드디어 두 번째 경찰관 채용시험 원서 제출일이 되었다. 솔직히 한 번의 실패 때문인지, 이번에는 꼭 합격하고 싶었다. 그래서 응시 예상

인원을 대충 계산해보고, B 지방경찰청에 원서를 제출하기로 했다. 신체검사를 무사히 마치고, 필기시험 날이 되었다. 모든 시험은 항상 긴장의 연속이다. 실수라도 할까 봐, 신중히 문제를 풀어나갔다. 시험을 보면서 나는 마음속으로 환호성을 외쳤다. 나의 예상은 적중했다. 해설 하나도 놓치지 않고 공부했던 것이 효과적이었다. 문제는 술술 풀렸고, 자만하지 않으려고 신중을 기했다. 모든 과목의 시험이 끝나고 속으로 '합격'을 자신했다.

필기시험 합격자 발표가 있던 날, 떨리는 마음으로 인터넷에 접속했다. B 지방경찰청의 공지사항에 들어가 '새로 고침' 버튼을 몇 번이나 클릭했는지 모른다. 수십 번을 클릭해도 아직 발표가 나지 않았다. 조마조마했다. 얼마나 지났을까, '2001년 경찰 공무원 2차 필기시험 합격자 명단'이라는 글씨가 눈에 들어왔고, 내 손은 저절로 마우스의 왼쪽 버튼을 누르고 있었다. 창이 뜨자마자 바로 보였던 것은, 내 이름 '나상미'였다. 최종 합격도 아닌데, 이미 최종합격자가 된 것처럼 온 방을 뛰어다니며 기뻐했다. 체력측정도 평소에 준비했던 터라 무난히 통과했다. 적성검사와 인성검사도 모두 잘 마쳤다. 그리고 최종 합격의 마지막 관문인 면접날이 되었다. 11월 강원도의 바람은 매우 차가웠다. 춘천 역에서 택시를 타고 시험장으로 가는 동안, 경찰관이 될 날이 이제 머지 않았다는 생각이 들었다. 면접 장소에 도착하자 여러 수험생들이 모여 있었다. 면접 시간이 가까워졌고, 면접에 관한 절차 등을 소개받은 수험생들은 자기 차례가 오기를 기다렸다. 드디어 내 차례가 되었다. 떨리는 마음으로 자리에 앉았고, 자기소개를 간단히 했다. 여러 가지 질문을 많이 받았는데, 지금은 잘 생각이 나지 않지만, 이 질문 하나는 틀림없이 기억한다.

"경찰관이 왜 되고 싶은가요?"

아주 간단하고, 쉬운 질문일 거라 생각할 수도 있다. 잠깐 고민했다. 그리고 이렇게 대답했다.

"네, 저는 돈을 벌기 위해 경찰관이 되려고 합니다. 어렸을 때부터 경찰관이 되고 싶었던 것은 아니지만, 경찰 공무원이 수입이 안정적이어서 지원했습니다."

내 답변이 면접관들에게 어떻게 받아들여졌을지 모르지만, 솔직한 생각을 말했다. 그리고 아무 생각 없이 면접장을 나왔다. 드디어 발표 날이 되었고, 최종합격자 명단에서 '나상미'를 찾아볼 수 있었다. 그때의 희열과 감동은 지금 생각해도 가슴을 벅차게 한다. 나는 이렇게 스물 세 살에 대한민국 경찰관이 되었다.

chapter 3

좌충우돌
경찰생활

나도 엄연한 이름을 가지고 있는 경찰관이지만,

어르신들은 부르기 쉽고 더 친근한 단어로 나를 불러주셨다.

그분들이 여럿이 모이셨을 때,

분명 파출소 여순경 아가씨에 대해 재미있게 담소를 나누실 것이다.

딱딱한 '나 경사'보다 더 정감이 가는 '여순경 아가씨'가 나는 더 좋다.

사람과 사람 사이에는 마음의 벽이 존재하기 마련이다.

그 마음의 벽을 허물 수 있는 것은, 바로 나 자신이라는 것을 잊지 말자.

'나'를 버리고, 새로운 '나'를 찾아야, 또 다른 내가 된다.

젊은 경찰관이여,
조국은 그대를 믿노라

'젊은 경찰관이여, 조국은 그대를 믿노라!'

중앙경찰학교 정문에 들어서면 바로 볼 수 있는 슬로건이다. 처음 중앙경찰학교에 입교했던 날이 떠오른다. 나는 최종 합격 명단 발표 후, 일주일도 채 되지 않아 중앙경찰학교에 입교 지시를 받았다. 몇 가지의 소지품을 챙기고, 긴 머리를 단발로 싹둑 잘랐다. 태어나서 가족과 이렇게 오래도록 떨어져 지내는 것이 처음인지라 설레기도 하고 두렵기도 했다. 내가 과연 잘할 수 있을지 괜한 걱정이 앞섰다. 어렸을 때부터 경찰관이 되리라고는 한 번도 생각해본 적 없는 내가 경찰관이 되기 위한 첫 관문에 들어서고 있었다. 가족들은 경찰학교 교문 앞까지 나를 데려다 주었다. 아쉬움 반, 걱정 반으로 돌아가셨던 모습이 지금도 눈에 선하다. 그때, 아버지가 이런 말씀을 하셨다.

"아들 둘은 군대 보내서 세금으로 키우고, 딸은 경찰학교에서 세금으로 키워주네. 엄마 아빠는 세금 낸 거 뽕 뽑는다! 허허허."

어찌 됐건, 딸이 나라를 위해 일할 사람이 된 것을 뿌듯해 하셨다.

경찰학교 정문을 걸어 들어갔다. 한 손에는 핸드백을, 한 손에는 여행용 가방(캐리어)을 끌고 오르막길을 힘겹게 올라갔다. 집결 장소인 대강당에 도착해서 여기저기 두리번거렸다. 팔도 사람들이 다 모여있는지 낯선 사투리들이 들려왔다. 교육생은 296명이었고, 우리 기수는 신임 145기였다. 들어오는 순서대로 입교 등록을 했고, 명찰을 배부받았다. 입교 등록이 끝난 교육생은 줄을 서서 다음 순서를 기다렸다. 모든 교육생이 입교 등록을 마치자, 여경 지도관이 교육에 관한 주의사항 등을 공지했다. 그날 대강당에서의 기억은 잘 생각이 나지 않는다. 긴장을 많이 했던 탓이었다. 대강당을 나와 각자 생활실을 배정받았고, 6개월간 함께 생활해야 하는 동기들을 만났다. 총 10명이 한 생활실을 사용했고, 여러 지역의 교육생들이 함께 섞여 있었다. 생활실은 마치 TV에서 보는 군부대 생활실과 비슷했다. 어색하고 서먹서먹한 분위기는 그리 오래가지 않았다. 모든 절차가 빠른 속도로 진행되었고, 줄을 서서 차례대로 기동복과 기동화를 받았다. 겨울을 대비해 가죽 장갑과 점퍼도 받았다. 그 물품들은 절대 잃어버리거나, 함부로 관리해서도 안 됐다. 지급되는 모든 물품은 국민의 혈세로 준비하는 것이기 때문이다. 이제부터는 숨 쉬는 것도 국민의 안녕과 질서를 위하여 하는 것이었다. 기동화는 반짝반짝하게 광을 내야하고, 생활복이나 점퍼 등은 옷걸이를 이용해 반듯하게 걸어두어야 했다. 경찰학교에서는 모두 규칙과 규정에 바탕을 두고 생활해야 한다.

입교 첫날 저녁, 각 생활실별로 담당 구역 청소를 끝내고 각자의 소지품을 모두 정리했다. 그리고 옷장 정리와 신발 정리를 하고 일석점호를 받았다. 생활실장이 생활실 방문 앞에서 당직 지도관에게 정원과 현원, 결원 등을 보고했다. 그리고 청소 점검과 함께 개인 물건 점검도 같이 이루어졌다. 첫날이라 그런지 수월하게 넘어갔고 앞으로 해야 할 내용들에 관해 설명을 들었다. 그렇게 입교 첫날밤은 깊어만 갔다. 긴장한 탓으로 몸이 뻐근했다. 피곤해서인지 금방 잠이 들었다. 경찰학교에서는 정각 22시가 되면 취침을 위한 소등을 하였다.

다음 날 아침, 정각 06시에 울리는 기상 음악에 눈을 떴다. 그 전날 교육받았던 대로 이불을 개서 잘 정리해두고 복장을 갖추고 운동장으로 뛰어 나갔다. 시간에 맞춰 운동장까지 가는 시간은 기상 음악이 나온 뒤 15분 이내였다. 늦게 도착하면, 별도로 벌칙이 주어졌다. 우리는 잠이 덜 깬 몸으로 이것저것 생각할 겨를도 없이 무조건 앞만 보고 뛰었다. 시간 안에 도착해야 벌칙을 받지 않기 때문이다. 첫날에는 몇 명이 벌칙을 받았다. 첫 일조점호는 국민체조와 함께 시작되었다. 각 학급별로 줄을 서서 국민체조를 하였고, 체조가 끝나면 운동장 네 바퀴

(약 1.2㎞)정도를 뛰어야 했다. 오랜만에 해보는 구보는 교육생들을 초 주검으로 만들었다. 발을 맞춰 뛰었고, 숨쉬기도 벅찬 우리는 구령도 함께 외쳤다. 대열에서 뒤처지는 교육생도 있었고, 그 교육생을 부축하며 뛰는 교육생도 있었다. 숨이 턱턱 막히며 머리가 어질어질했다. 첫날이라 더욱 힘겹게 느껴진 일조점호는 입에서 단내가 나고서야 끝이 났다.

드디어 점호가 끝나고 기다리던 아침 식사를 위해 식당으로 갔다. 평소 아침을 잘 안 먹었던 사람들도 경찰학교에서는 아침 식사 시간을 늘 기다렸다. 줄을 서서 밥과 반찬을 받고 식탁에 앉아 먹을 때 정말 꿀맛이었다. 교육생에게 수다를 떨며 밥 먹는 것은 사치였다. 다음에 이어질 훈련 시간이 촉박했기 때문이다. 식사 후 생활실로 복귀해서 기동복으로 갈아입고 기동화를 신고, 기동 모자를 착용한 후 본격적인 훈련에 돌입한다. 입교 후 첫 3주는 1단계 기간으로 교육보다는 훈련 위주다. 운동장에 모여 제식 훈련을 받았으며, 항상 상과 벌이 따라다녔다. 잘못하는 사람이나 학급은 별도로 달리기 벌칙이 내려졌다. 비가 오거나 눈이 와도 제식 훈련은 예외 없이 진행되었다. 1단계 훈련기간 중에는 제대로 씻을 시간도, 맘 편히 화장실을 갈 수 있는 시간도 충분치 않았다. 기억에 남는 것은, 교육생들 사이로 여경 지도관이 지나가면 화장품 향기가 코끝을 자극했었다. 같은 여자였지만, 교육생들에게서는 맡아볼 수 없었던 그 향기가 아직까지도 코끝에 남아있는 것 같다. 그리고 여기저기서 변비로 고통받는 교육생들이 나타났다. 나도 역시 변비에 걸려 고생을 많이 했었다. 경찰학교에서 휴대폰 사용이 금지되었다. 그래서 부모님과 통화를 하기 위해서는 생활실 1층에 비치된 공중전화 3대를 이용했다. 그것도 자유시간에만 가능했다. 밤에는 순번을 정해 시간대별로 불침번 근무를 섰고, 그 근무 또한 허투루 할 수가 없다. 수시로 지도관들의 검사가 있어서, 근무를 게을리하면 안되었다. 다른 교육생들이 잠들었을 때, 나는 깨어 있어야 하는 것이 고역이었다. 이처럼 경찰학교의 생활은 녹록지 않았다. 경찰관 시험만 합격하면 다 된 것으로 생각했건만, 교육생 과정은 나뿐만 아니라 모든 교육생들을 힘들게 했다. 계속되는 훈련과 제설작업은 세상에 태어나 한 번도 경험해보지 못할 일이었다. 솔직히 훈련 속에 포함된 이런 교육들은 그 당시에는 경찰 생활에서 불필요한 일이라고 생각했다.

"아니, 왜 눈도 치워야 해? 우리가 눈 치우려고 경찰 된 거야?"

"나는 빨리 근무복 입고, 화장도 하고 그러고 싶어. 언제까지 이렇게 해야 하는 거야?"

"아! 내일 아침에는 또 어떻게 운동장을 뛰지?"

"나는 운동장 뛰는 것보다 선착순이 더 무서워!"

시간이 지나면서, 교육생들은 점점 힘들어했다. 생각했던 경찰교육의 모습과 많이 다르다는 것을 실감했다. 그러나 각자 죽을힘을 다

해 노력해서 얻은 결과를 쉽게 져버리는 사람은 없었다. 이 정도도 참지 못하면, 애초에 시작도 하지 말았어야 했다. 우리는 자신도 모르는 사이에 많이 강해져 있었다. 힘들어도 참을 수밖에 없었다. 오기가 생겨 오히려 더 잘하려고 노력했다. 그러면 그럴수록 이상하게도 동기들 간의 우정은 더욱 돈독해졌다. 1단계 기간만 끝나면 힘든 훈련은 거의 끝난다고 들었던 우리는 포기하지 않고 훈련에 임했다. 그리고 힘든 시련이 올 때면 중앙경찰학교의 슬로건을 떠올렸다.

"젊은 경찰관이여, 조국은 그대를 믿노라!"

비빌 언덕도, 넘어질 언덕도 없다

자기 자신을 백 퍼센트 믿는 사람은 거의 드물 것이다. 자신의 한계가 어디이며 어디까지 할 수 있는지 아무도 알지 못한다. 그렇기 때문에 새로운 것에 도전하고, 불확실한 미래를 위해 결과를 알 수 없는 도박을 하기도 한다. 그래서 사람들은 저마다의 기준을 가지고 자신이 선택한 것에 대해 믿음을 가지려고 노력한다.

중앙경찰학교에서 교육을 받을 때, 힘들고 지칠 때면 동기들과 함께 슬로건을 보고 힘을 얻었다. 요즘은 경찰학교 훈련이 많이 수월해져 그리 힘들지 않다고 하지만 내가 경찰학교 교육생일 때는 몇 명의 교육생이 스스로 교문을 나갔다. 그만큼 훈련이 힘들었다.

우리 동기생 중 A라는 교육생이 있었다. 그녀는 교육 중에 발병한 방광염으로 무척 많은 고생을 했다. 1단계 훈련뿐만 아니라, 전 교육 과정에서 방광염 때문에 힘들어했다. 방광염은 골반까지 염증이 퍼졌고, 그로 인해 A는 늘 몸이 부었다. 훈련이나 수업 중에는 화장실에 가기 바빴고, 교육 중간에 치료를 받기 위해 병원에 가는 일이 자주 있었다. 그녀는 훈련을 받을 수 없을 정도로 고통스러워했다. 차라리 다음 기수에 교육을 받고 제대로 된 치료와 휴식이 필요해 보였다. 그러나 그녀는 포기하지 않았다. 아픈 배와 골반을 움켜잡으며, 모든 교육에 임했다. 수업을 불참하면 감점을 받았지만, 그래도 그녀는 버텼다. 힘들게 합격한 경찰관 시험이니만큼 그녀는 포기하고 싶지 않았을 것이다. 그녀는 일주일간의 교육 생활이 끝나고 외박 나가는 날이면, 병원에서 치료를 받고 약을 처방받아 왔다. 시간에 맞춰 약을 먹었지만, 배와 허리가 아파 상체를 숙이고 지내기도 했다. 대단한 정신력이었다. 선택의 길이 없었다. 포기하고 나갈 수도 없었고, 그렇다고 아픈 몸을 모른척할 수도 없었을 것이다. 그녀는 끝까지 교육을 이수했다.

경찰학교 1단계의 마지막 훈련이 다가왔다. 그 훈련은 악명 높은 산악 훈련이었다. 산악 훈련만 잘 마치면, 힘든 1단계 훈련이 막을 내린다. 그리고 그렇게 원하던 외박도 나갈 수 있다. 악명 높은 훈련이니만큼, 성취감은 배가 될 것으로 생각했다. 그리고 그 산의 높이만큼 성장해 있으리라는 기대감이 생겼다.

중앙경찰학교 뒤편에 위치한 '적보산'이라는 산이 있다. 이 산은 699m의 높이로 꽤 높은 산이었다. 산악 훈련장소로 지정된 곳이다.

산이라고는 경찰관 되기 전에 가봤던 목포의 '유달산'이 전부였다. 그런데 699m나 되는 높은 산을 올라야 한다는 것이 은근 두렵기까지 했다. 더군다나 등산화도 아닌 기동화를 신고, 산에 올라야 하는 아주 최악의 조건이었다. 하지만 경찰관이 되기 위한 중요한 관문이어서 굳은 결심을 하고 훈련에 임했다. 처음 올라갈 때는 기분도 상쾌했고 발걸음도 가벼웠다. 맑은 공기와 아름다운 풍광이 우리를 반겨 주는 것 같았다. 그러나 산행을 계속할수록 주변 경치는 눈에 들어오지 않았다. 숨이 헉헉 차올랐고, 다리는 천근만근 무거웠다. 296명의 교육생이 마치 개미떼처럼 기어올랐고, 두 발로 힘들다 싶으면 네발로 기어올랐다. 산악 훈련이니, 천천히 쉬어가며 오를 수 없는 실정이었다. 대열에서 벗어나지 않고 간격을 유지해야 했으며, 낙오자가 되어서도 안 되었다. 불가피하게 부상을 당하지 않는 한, 자기 두 발로 걸어서 올라가야 했다. 12월 초였으니, 살짝 얼은 산길은 미끄러웠다. 그 길을 기동화를 신고 무거운 발걸음을 쉼 없이 옮겼다. 어디가 정상인지, 언제 끝나는지 알 수 없었다. 다만, "그만!"이라고 구령이 떨어질 때까지 이를 악물고 버틸 뿐이었다. 운동장 네 바퀴 뛰는 것은 아무것도 아니었다. 입에서 단내가 나고 갈증으로 입가에 고인 침은 우리를 더욱더 추하게 만들었다. 가파른 길은 밧줄을 잡고 올라갔고, 낙오 직전인 동기들을 부축해가며 산에 오르기도 했다. 여기저기서 불만 섞인 탄식들이 쏟아져 나왔다.

"우리가 뭐 군인이야?"

"우린 경찰관이 되려고 온 거야. 근데 왜 이런 걸 시키는 거야!"

"진짜 너무 힘들다. 1단계 훈련 진짜 죽음이야 죽음!"

서로에게 자신의 고통을 알아 달라 여기저기서 수군댔다. 그러면서도 구르는 낙엽만 봐도 웃었던 여고생들처럼 까르르 웃기도 했다. 힘이 들었어도 중도 포기자는 없었다. 고생해서 합격한 경찰 공무원 시험을 이까짓 산악 훈련 하나 때문에 포기한다는 것은 말도 안 되는 일이었다. 우리는 악착같이 버텼다. 당장 산에서 내려가고 싶은 마음은 굴뚝같았지만, 오기와 자존심으로 버티고 심지어 즐기기까지 했다. 나는 "네가 이기나, 내가 이기나, 한번 해보자!"라는 말을 반복하며, 자신과 싸웠다. 드디어 정상에 올랐고, 성취감에 서로를 얼싸안고 포효를 했다. 짧은 휴식이 끝난 후, 산악 훈련은 계속되었다. 어느덧 경찰학교로 되돌아가는 하산이었다. 후들후들 떨리는 다리로 내리막길을 내려왔다. 산에서 내려오자 비가 내렸다. 소나기처럼 억수로 퍼붓는 비를 쫄딱 맞으며, 경찰학교까지 구보로 도착했다. 초겨울이었지만, 비를 맞아도 시원한 기분이었다. 힘든 산악훈련을 드디어 해낸 것이다. 발가락은 온통 물집 투성이었고, 피로감에 전신이 무거웠다. 힘든 만큼 성취감은 더욱 컸고 한층 더 강해진 자신을 발견할 수 있었다. 그리고 동시에 경찰관이라는 내 꿈도 확고하게 굳어졌다.

1단계 훈련에 이은 다음 교육과정 역시 호락호락하지 않았다. 현장에 나가서 법을 집행해야 하는 경찰관은 높은 사명감이 요구된다. 나뿐만 아니라, 다른 사람들도 교육 중에 힘들고 지치는 일이 많았다. 물론, 시간이 흐를수록 요령도 생기고 적응이 되어 훨씬 나아졌지만, 훈련 과정은 긴장과 고난의 연속이었다. 그러나 두 번의 좌절 끝에 찾은 꿈을 쉽게 버릴 수 있을 만큼 나약하지 않았다. 나 자신을 믿지 못할 때도 있었고, 수없이 흔들렸던 것도 사실이다. 여러 가지 직업 중에 "왜 하필 경찰이었을까?"라고 되물었던 적도 한두 번이 아니었다. 그만큼 내 의지가 많이 약해졌었던 것이다. 그렇지만 포기할 수 없었다. 나에게는 비빌 언덕도 넘어질 언덕도 없었다. 내가 선택하고 힘겹게 고생해서 받은 이 보상을 포기해버리기는 너무나 아까웠다. 다른 선택의 여지가 없었고 무조건 버텨야 했다. 새로운 것을 시작할 때는, 항상 고통과 시련이 따르기 마련이다. 이때 자신을 믿지 못하기도 한다. 어느 정도까지 참고 기다릴지 자신도 모를 때가 있다. 고난과 역경이 꿈으로 가는 길을 방해할 때, 절대 흔들리지 마라. 몸속에 숨어 있는 승부욕이 버틸 수 있게 해줄 것이다.

'나'를 버리고,
새로운 '나'를 찾아라

휴대폰 알람 소리에 두 눈을 번쩍 떴다. 오늘이 첫 출근이라는 생각이 퍼뜩 떠올랐다. 부랴부랴 일어나 출근 준비를 하고 새로운 마음으로 제복을 입었다. 칼날같이 다려놓은 제복은 손이 닿으면 베일 것 같았다.

2002년 7월 1일, 중앙경찰학교 졸업 후 첫 부임지로 발령을 받았다. 그곳은 강원도 작은 시골 마을의 한 파출소였다. 나 말고도 여자 경찰관 동기 2명과 남자 경찰관 동기 1명이 함께 같은 경찰서로 발령을 받았다. 경찰학교 때 연습했던 점호 보고는 발령 신고식 때 효력을 발휘했다. 큰 목소리로 우렁차게 신고를 하고, 우리 넷은 각각 발령받은 파출소로 향했다.

전남 목포에서 나고 자란 나는 강원도의 시골 마을까지 경찰관이라는 직업 때문에 달려왔다. 이제는 혼자 살아야 한다는 생각에 겁도 났지만, 다행히 관사가 있어 지낼 곳은 걱정하지 않아도 되었다. 난생처음 와본 이곳은 그리 낯설지 않았다. 다행히도 내가 근무하는 파출소는 시골 마을치고 번화한 곳이었다.

첫 출근을 했을 때, 남자 직원들은 날 다들 꺼려했다. 여경이 흔치 않은데다가 힘쓰는 일을 못 해 같이 근무를 하면 부담이 많이 될 것 같다는 생각 때문이었다. 여자는 약하다는 고정관념으로 철저히 날 배제했다. 내가 발령받기도 전부터 그들은 서로가 "우리 팀은 안 됩니다!" 하며, 함께 근무하는 것을 극구 반대했다고 한다. 경찰관 시험만 합격하면, 모든 것이 다 순조로울 것으로 생각했었다. 하지만 또 다른 문제가 내 앞에 봉착한 것이다. 다들 "쓸데없이 여경을 왜 뽑아서, 분란을 만들까?"라며, 거리낌 없이 대놓고 말했다. 스물세 살 어린 마음속에는 그 말이 계속 상처로 남아 있었다.

'내가 그렇게 필요 없는 존재인 것일까?, 왜 나를 미워하지?, 내가 잘할 수 있을지, 없을지 어떻게 알아?'

나는 속으로 계속 중얼거리며 눈치를 보았다. 시간이 흐른 뒤, 감사하게도 어쩔 수 없이 함께 근무하겠다는 팀이 나섰다. 어색했지만 나름대로 최선을 다하려고 노력했다. 적어도 '여자라서 그렇다.'라는 말이 나오지 않도록 적극적이며 강한 모습을 보여줬다. 일부러 더 활발

하고, 상냥하게 사람들을 대했다. 그리고 뭐든지 내가 할 수 있다고, 내가 해보겠다며 적극적으로 일했다. 약수터에서 물을 떠 와서 파출소 정수기에 올려놓겠다고 끙끙거렸던 모습이 아직도 떠오른다. 솔직히 힘들었다. 여자라서 안된다고 생각하는 사람들 속에서 힘든 척을 하지 않아야 하는 것은 솔직히 자존심 상하는 일이었다.

첫 근무가 끝나고 관사로 돌아와 우두커니 앉아서 생각했다. 내가 상상했던 경찰의 모습이 아니었다. 나를 겪어보지도 않고 싫어하는 사람들이 있다는 것에 놀랐고, 당황했다. 누군가에게 속 시원히 이야기하고 싶었지만, 나는 혼자였다. 친구도 가족도 내 곁에 없는 외톨이였다. 친구들이 그립고, 부모님이 보고 싶었다. 밖에 나가 소주 한 잔 기울일 수 있는 친구 한 명이라도 있었다면, 덜 외로웠을 것이다. 친구가 필요했다. 그래서 여러 사람과 친해져야 했다. 같이 일하는 직원들뿐만 아니라 주변 사람을 내 편으로 만들어야 했다. 내가 먼저 다가가기로 작정을 했다.

'나 자신을 버리고, 새로운 나를 보여줘야겠다.'

나는 시장으로 갔다. 뭐 특별히 사야 할 것도, 필요한 것도 없었지만 무작정 시장으로 먼저 갔다. 시골 마을에서 시장은 여러 사람을 만날 수 있는 중요한 장소였다. 어느 곳이나 마찬가지겠지만, 이곳 역시 시장에는 개성 있고 다양한 사람들이 많이 있었다. 그중에서 간판이 예쁜 옷가게에 들렀다. 옷가게 사장님은 싹싹한 성격과 좋은 인상을 가지고 있었다. 그 옷가게에는 여러 종류의 옷이 있었지만, 내가 좋아하는 스타일의 옷은 별로 없었다. 하지만 나는 고르고 골라서 하나를 집어 들었다. 그리고 옷가게 사장님에게 이런저런 말을 시키면서 살갑게 굴었다. 처음 보는 사람이라 그런지 나에 대해 무척 궁금해했다. 나는 그 사장님과 한참을 얘기하다 옷을 사 들고 나왔다. 그렇게 인연이 되어 그 옷가게는 12년 동안 단골이 되었다.

이번에는 농협에 갔다. 통장을 개설하려고 갔던 것인데, 그곳에서 새로운 사람을 만났다. 얼굴이 하얗고 머리가 긴 직원이었는데, 그녀도 나에 대해 알고 싶어 했고, 우리는 금방 친해졌다. 그 농협 언니네 부모님께서는 닭갈비 식당을 운영했다. 그 식당에 가서 밥을 많이 얻어먹었다. 이렇게 나는 하나둘 인맥을 늘려갔다. 먼저 인사하고, 겸손하게 대하니 사람들은 모두 내 마음을 알아주기 시작했다. 직장에서도 마찬가지였다. 남자들 틈 속에서 살아남기 위해서 내가 남자가 되어야 한다고 생각했다. 그래서 스스로 여자이기를 포기했다. 성격도 더 털털해지고, 남자직원들이 사용하는 말투를 따라 하기도 했다. 그들끼리 모여 무슨 재미있는 얘기라도 하고 있으면, 나는 졸졸 쫓아가 한 마디씩 거들기도 했다. 처음에는 이상한 사람 보듯 쳐다봤지만, 시간이 지나면서 편하게 받아들였다. 그렇게 해서 자주 들었던 말은 "성격 참 좋네."이었다. 얼굴이 예쁘다는 말보다 훨씬 더 좋았던 그 말은 나를 춤추게 했다. 내가 점점 남자직원들 사이에서 인정받고 있다는 증거였다. 하루는 퇴근을 하고 집에 있는데 전화가 걸려왔다.

"여보세요."

"뭐하냐? 술 한잔 하러 나와!"

"어딘데요?"

"여기 ○○○이니까 이리로 얼른 나와! 나올 수 있지?"

"아, 알았어요."

느닷없이 전화를 걸어 다짜고짜 술을 마시러 나오라고 했다. 처음에는 당황했지만, 좋은 징조라고 생각했다. 남자들끼리는 간혹 이런 식으로 만나 술도 마시고, 모임을 갖는다고 알고 있었다. 나 역시 기분이 좋아 대충 차려입고 약속 장소로 나갔다. 여러 남자 직원들이 함께 모여 술을 마시고 있었다. 나를 본 직원들은 다들 환영해주었다. 남자 다섯 명이 둘러앉아 술을 먹는 테이블에 여자는 나 혼자 끼어서 술을 마셨다. 그때부터 나는 술 잘 먹고, 성격까지 좋은 여경이라는 호칭을 달고 살았다. 남은 것은 이제 일 잘하는 여경이라는 소리를 듣는 것이다.

내 편은 점점 늘어갔다. 때로는 정말 내가 남자가 된 것이 아닌가 하는 착각이 들 때도 있었다. 경찰 순찰차를 같이 타고 근무를 할 때면, 선임 경찰관은 내 앞에서 방귀를 아무 거리낌 없이 뀌었다. 나 역시 입을 헤 벌리고 졸기도 했다. 처음에는 여경이랑 같이 근무하면, 불편한 게 너무 많아 싫다고 했던 남자들이었다. 그런데 이제는 술 한잔

하게 나오라고 했고, 내 앞에서 방귀를 뀌기도 했다. 내가 그만큼 편해진 것이었다.

"어우, 방귀 좀 그만 뀌어요! 냄새 나! 창문을 좀 열던가!"

"야! 다 똑같은 사람들이 왜 그래? 지는 침 질질 흘리면서 자는 게! 헤헤."

불과 몇 개월 전까지만 해도 광활한 우주에 나 홀로 떨어진 기분이었다. 내 앞에서 여경에 대해 대놓고 비아냥거린 남자 직원들이 한둘이 아니었다. 하지만 지금의 나는 그들에게 성격 좋고, 편하고, 일 잘하고, 잘 노는 여경이라고 불렸다. 나는 혼자가 아니었다. 그리고 사람들 사이의 벽은 다른 사람이 아닌 스스로 쳐놓은 장벽이라는 것을 알았다.

사람과 사람 사이에는 마음의 벽이 존재하기 마련이다. 그 마음의 벽을 허물 수 있는 것은, 바로 나 자신이라는 것을 잊지 말자. '나'를 버리고, 새로운 '나'를 찾아야, 또 다른 내가 된다.

신기한 것이 특별한 것이 아니다

처음 출근했던 날, 어떤 남자가 우산을 쓰고 파출소로 찾아왔다. 그리고 얼굴만 비쭉 내밀고 이렇게 물었다.

"여기 여경 왔다면서요?"

나는 이 한 마디에 웃을 수밖에 없었다. 여자 경찰관이 왔다는 소문을 듣고 신기해서 확인하러 왔던 것이다. 그 남자는 지금도 길에서 나를 보면 내가 보든 못 보든 인사를 한다. 참 재미있는 분이다.

여자 경찰관은 현재 전체 경찰관의 약 10%를 차지하고 있다. 경찰관의 총인원을 15만이라고 가정한다면, 여자 경찰관은 15,000명 정도 되는 것이다. 16년 전, 내가 경찰관이 됐을 때는 전체 경찰관의 4% 정도, 이 책을 처음 출판했을 당시 (2013년도)에는 약 7%에 불과했다. 물론 지금은 비율이 높아졌지만, 내가 경찰관이 됐을 때는 여자 경찰관을 흔하게 볼 수 있지 못했다. 더군다나 시 단위의 경찰서보다 군 단위의 경찰서에서 여자 경찰관을 만나는 것은 더 드물었다. 아마 그때도 그런 이유로 여자 경찰관을 궁금해했을 것이다.

112 순찰 근무 중 신고가 접수되었다. 깊은 밤이었는데, 음주 운전을 하는 차가 있다는 신고였다. 선임 직원과 함께 출동했고, 그곳에서 음주 운전 운전자를 검거했다. 그 운전자는 여성 운전자였다. 그런데 우리가 출동했다는 이유만으로 자신의 이름도, 보호자의 연락처도 알려주지 않은 채 계속 행패를 부렸다. 경찰관들에게 삿대질을 하며, 욕을 했다. 파출소에 도착해서도 그녀의 행패는 끝이 나지 않았다. 오히려 더 심해질 뿐이었다. 여성이 행패를 부리면 여경인 내가 맡아 처리를 했다. 남자 직원들이 잘못 나서면 괜한 성추행 추문을 겪을 수 있기 때문이었다. 그녀는 나에게도 욕을 퍼부었고, 두 팔로 나를 밀어붙였다. 그러면서 이렇게 말했다.

"뭐야! 여자 아니야! 여자 경찰? 이 년이 뭐가 잘났다고 나서는 거야? 네가 잘났으면 얼마나 잘났다고! 별로 생기지도 못했으면서 경찰이라고 나서고 있어! 너 내가 누군 줄 알아? 까불고 있어!"

술에 잔뜩 취한 그녀의 눈에도 여자 경찰이라는 것이 거슬렸던 모양이었다.

"이봐요, 당신한테 이년 저년 소리 들으려고 경찰 된 거 아니거든요?"라고, 쏘아붙였다. 그리고 그녀를 제압하고 수갑을 채웠다. 자존심이 상했는지 그녀는 계속해서 욕을 했다. 다음날, 그녀는 나에게 미안하다고 사과를 했다. 물론, 창피한 마음에 얼굴을 제대로 들지 못했다.

112 순찰차량을 타고 근무를 하면, 외부에서 바라보는 시선들이 나를 불편하게 했다. 경찰 차량이 지나가도 시선이 가는데, 하물며 차 안에 여자 경찰관이 타고 있는데 시선집중의 대상이 되지 않을 수 없었다. 나는 의식하지 않으려고 애쓰지만, 무의식적으로 자세와 표정을 가다듬었다. 내가 지나가면, "우와, 여경이다. 여경!" 하면서, 경찰 차량을 뚫어지게 쳐다보았다.

이곳은 군부대가 많은 지역이어서, 도로에서 군 트럭을 만나는 것은 흔한 일이다. 순찰 차량 앞에 군 트럭이 앞서 가고 있을 때는 트럭 뒤에 타고 있는 군인들이 뚫어지라 쳐다봤다. 그러면서 자기네들끼리 무슨 말을 주고받으며 웃었다. 경찰 차량 앞유리 사이로 내 모습을 훤히 보여주며 뒤따라가는 것은 정말 고역이었다.

하루는 경찰 제복을 입고 도보 순찰을 할 때였다. 길을 건너기 위해 횡단보도 앞에서 차가 오는지 확인하고 있었다. 이렇게 제복을 입고 밖으로 나갈 때면, 단정하고 깔끔하게 옷차림에 신경을 써야 했다. 사람들이 모두 나만 쳐다보고 있을 거라는 착각을 했기 때문이다. 나는 지금도 제복을 입고 나갈 때면, 신중하게 행동한다. 그날도 단정히 차려입고 횡단보도 앞에서 기다리고 있는데, 갑자기 모르는 아주머니 한 분이 어깨를 툭툭 쳤다.

"네, 무슨 일 있으세요?"

단순히 길을 물어보는 행인인 줄 알았다.

"아니, 다른 게 아니고 아가씨! 아가씨가 철원에서 가장 멋있는 여자야! 너무 멋져!"

이렇게 말하시고, 길을 건너 뛰어가셨다. 그 아주머니의 뒷모습을 보며 한편 황당하고 다른 한편으로는 뿌듯했다.

이곳 시골 마을에서 나는 "여순경"이라 불린다. 12년 전부터 오랫동안 "여순경"이다. 주민들은 파출소로 전화를 해서 내 도움이 필요하면, 늘 "여순경 바꿔주세요!"라고 말씀하신다. 마을에는 대부분 연세가 드신 어르신들이 많은 터라, 파출소에는 민원인이 많았다. 경찰업무가 아닌데도 어르신들은 모두 파출소에 찾아와 도움을 청하셨고, 지나가다 들르셔서 물을 한 잔 드시고 가시기도 했다. 전화 요금이 많이 나왔다고 전화국에 물어봐 달라고 하시고, 누가 장독에 있는 된장을 퍼가고 있으니 잡아달라 하시기도 했다.

그러던 어느 날, 파출소로 전화가 걸려왔다. 어떤 어르신 한 분이 부탁이 있다고 하셨는데, 면허증 재발급 절차에 관한 문의였다. 나는 아는 대로 친절히 설명해드렸다.

"어이, 아가씨! 고마워! 어떻게 이렇게 친절하지? 요즘 경찰 많이 변했어! 내가 꼭 다음에 커피 한 잔 사줄게 아가씨!"

그 어르신은 이렇게 말씀하시고 전화를 끊으셨다. 나오는 웃음을 참을 수 없었다. 어르신이 불러주신 '아가씨'라는 호칭이 그리 나쁘지 않았다.

다음날 어떤 어르신 한 분이 비타민 음료 한 박스를 사 들고 파출소로 찾아오셨다. 문을 열자마자 여순경 아가씨를 찾으셨다. 그리고 나에게 음료수를 안겨 주시면서, "어제 너무 고마웠어. 커피 사준다고 했는데, 음료수를 사왔네! 어쩌지 아가씨?"라고 말씀하셨다. 어르신은 내가 타드린 커피 한 잔을 드시고 한참을 말씀하시다 돌아가셨다. 어르신이 불러주셨던 '아가씨'라는 호칭은 내가 이곳에서 어떤 존재인지 알게 해주었다. 나도 엄연한 이름을 가지고 있는 경찰관이지만, 어르신들은 부르기 쉽고 더 친근한 단어로 나를 불러주셨다. 그분들이 여럿이 모이셨을 때, 분명 파출소 여순경 아가씨에 대해 재미있게 담소를 나누실 것이다. 딱딱한 '나 경사'보다 더 정감이 가는 '여순경 아가씨'가 나는 더 좋다.

경쟁대열의 포기는 빠를수록 좋다

"한 가지의 길만으로도 목적지에 이르기에는 충분하다. 한쪽 길을 가다가 그만두고, 다른 길로 반쯤 가다가 그만두고 하는 행위는 아무런 진전도 보장할 수가 없다. 하지만 어떤 길이 그대에게 맞지 않을 때는 그것을 과감하게 바꿀 수 있는 용기 또한 살아가는 데 필요하다."

인도의 성자이며,《성자가 된 청소부》의 저자 바바 하리 다스의 명언이다. 이 명언을 만나기 전에는 남들이 다 가는 길을 똑같이 따라가려고 했다. 그렇게 하는 것이 내가 낙오되지 않는 현명한 방법이라고 여겼기 때문이다. 하지만 남들과 똑같이 가는 길이 내 인생을 더 힘들게 할 수 있다는 것을 뒤늦게 깨달았다.

경찰 공무원의 승진기회는 매우 다양하다. 다른 직종의 공무원과는 달리 경찰 공무원은 시험을 통해 승진을 할 수가 있다. 순경에서 시작된 계급을 가장 빠르게 한 단계씩 올리는 방법은 꾸준한 공부를 통한 시험승진이다. 나는 초등학교 때부터 대학교까지 공부만 하며 살았다. 나뿐만 아니라 대부분의 사람들이 그렇게 살았다. 그리고 취업을 위해 또 공부를 했다. 그리고 경찰관이 되었지만, 공부는 끝이 나지 않았다. 바로 승진시험 때문이다.

첫 승진시험은 2005년에 시작되었다. 승진시험 합격을 위해 열심히 공부를 했고 스스로도 만족스러웠다. 틀림없이 시험에 합격할 것이라는 착각을 하고 있었다. 시험 난이도 역시 괜찮게 출제되었다. 그런데 합격자를 발표하던 날, 큰 충격에 휩싸였다. 결과는 불합격이었다. 분명 나는 시험을 잘 보았고, 자신도 있었다. 그러나 생각과는 반대로 진급에 실패하고 말았다. 물론 채용시험이 아니었기에 죽기 살기로 공부한 것은 아니었지만, 기대를 하고 있어서인지 실망도 매우 컸다. 그런데 또다시 도전을 해야겠다는 생각이 전혀 들지 않았다. 공부를 해도 별 의미가 없고, 시험에 떨어지면 또 시험에 얽매일 것 같았다. 또한, 합격한다 해도 그다음 승진을 위해 공부에 매달려야 했다. 합격해도, 불합격해도 시험에 매달리는 구조다. 승진에 대한 욕심은 끝도 없으리라는 것을 알았다. 시험을 보지 않고도 진급이 될 수 있는 기회는 있다. 현 계급에서 일정한 근무연수와 점수를 채우게 되면 진급을 할 수 있다. 진급에 대한 근무연수를 현재 기준으로 보면,

순경 → 경장(4년)

경장 → 경사(5년)

경사 → 경위(7년)

경위 → 경감(12년)

경찰의 계급은 이런 단계로 승진을 할 수 있다. 나는 고민했다. 승진에다 초점을 맞출 것인지, 아니면 승진 시험을 포기하고 자기계발에 더 투자할 것인지를 깊이 생각했다. 승진시험을 치르지 않고도 진급이라는 목적을 달성하는 데는 문제가 없었다. 경찰은 승진할 수 있는 기회가 매우 다양하다. 여러 승진 사례를 알아보자.

올해 경찰관이 된 지 4년 차인 그는 현재 계급이 경사이다. 순경으로 경찰관에 입직해서 승진시험 공부를 열심히 했다. 그리고 그는 매 시험마다 합격을 해서 빨리 진급을 할 수 있었다. 하지만 그는 아직 결혼을 하지 못했다. 몇 년 전부터, "너 언제 결혼하니?" 하고 물으면, "내년에 시험 끝나면 해야지요!" 라고 대답했다. 그렇게 내년, 내년 하다 보니 어느새 4년이 흘렀다. 그는 아직도 결혼을 하지 못했다. 지금 2년 뒤에 있을 경위 승진시험을 준비하고 있는 그는 결혼을 시험이 끝난 이후로 미뤘다. 공부를 해서 빠른 진급은 했으나, 그에게는 가족이 없다.

올해 10년 차이며 현재 계급이 경사인 경찰관이 있다. 그는 경장과 경사를 시험승진을 통해 진급하기 위해 공부를 했다. 하지만 한 번의 실패로 경장 시험공부는 포기했고, 경장 근속승진을 하였다. 그리고 경사승진도 시험승진을 목표로 공부했지만, 또 실패를 맛보았다. 그리고 두 번째 시험에서 합격했다. 그는 경사가 되는데 10년이 걸렸다. 시험공부를 하지 않고 근속승진을 통해 진급을 원했다면 11년이면 경사가 되었을 것이다. 시험을 통해 진급을 한 그는 또 경위 승진시험을 준비하기 시작한다.

올해 2년 차인 그녀는 이제 순경이다. 경찰이 된 지 2년이 채 되지 않았다. 빨리 진급하고 싶은 마음에 내년에 있을 경장 승진시험 공부를 하고 있다. 다른 동기들도 공부를 하니 자신도 안 할 수가 없었다. 그런데 공부를 하면 할수록, 잘한 선택인지 고민이 되었다. 고가평정도 그리 좋지 못하고, 시험을 잘 본다는 보장도 없는데 꼭 시험을 봐야 하는 것인지 걱정이라고 한다. 이렇게 노력했는데 합격하지 못한다면, 계속 공부를 해야 할 것인지 고민하고 있다. 차라리 이 시간에 다른 것을 배운다면, 더 좋은 스펙을 쌓을 수 있을 것 같다고 한다.

경찰은 시험, 근속, 특진, 심사라는 네 가지 방법으로 승진할 수 있다. 대부분 진급을 위해 시험승진을 선택하고 대비하기 위해 공부를 한다. 하지만 모두 그런 것은 아니다. 사람들의 가치관은 저마다 다르고, 중요하게 생각하는 것 역시 다르다. 어떤 사람은 진급을 빨리해서 높은 계급으로 올라가고 싶어 하는가 하면, 어떤 사람은 시험공부를 할 시간에 자기계발에 투자하려고 한다. 나는 후자의 경우에 속했다. 앞에도 말했듯이, 나 역시 경장 승진시험을 준비했었다. 그리고 한 번의 실패를 경험했다. 승진시험이라는 것은 그때가 처음이자 마지막이었다. 한 번 실패를 하고 나니 더 이상 도전할 필요가 없다고 생각하고 머릿속에서 승진시험을 지웠다. 미래를 위해 아등바등 책을 붙잡고 공부하는 것이 싫었다. 그리고 시험에 합격할지 못할지를 생각하며, 스트레스 받는 것도 싫었다. 그래서 나는 승진시험은 뒤로하고 결혼과 육아에 투자하기로 했다. 더이상 승진시험을 보지 않았지만, 경장은 근속승진을 하였고, 경사는 특별승진을 하였다. 특별승진 얘기는 다음에 하기로 하자.

여러 사람들의 사례와 나의 경우를 통해 한 가지 얻은 교훈이 있다. 바로 '경쟁대열에서의 포기는 빠를수록 좋다.'라는 것이다. 내가 만약 계속 승진을 위한 공부를 했었다면, 어쩌면 지금 더 높은 계급을 달고 있을지도 모른다. 그러나 지금처럼 스스로에게 만족하는 삶을 살 수 있었을지, 이렇게 책을 쓸 수 있었을지에 대해서는 의문이 생긴다. 물론, 빠른 승진과 함께 인정받는 직장생활을 하는 사람도 많다. 그들의 선택이 틀렸다고 말할 수는 없지만, 대부분의 시간을 승진을

위해 쏟아붓는 것은 인생의 긴 여정에서 좋은 방법이 아니라고 생각
했다. 내 선택에 후회하지 않는다. 차라리 빠른 판단으로 힘들지 않게
나의 길을 가고 있는 것에 감사한다

　　사회생활을 하면서 '경쟁'이라는 것을 완전히 등한시할 수는 없다.
하지만 경쟁을 하지 않아도 그 목표를 향해 갈 수 있는 길이 있다면,
과감하게 경쟁대열을 포기하고 차라리 그 시간에 즐거울 수 있는 무
엇인가를 시작하는 것이 좋지 않을까.

그 여자, 그 남자

남편 역시 나처럼 2002년에 경찰관이 되었다. 스물여덟 살 때 지금의 남편과 결혼을 했다. 경찰관으로 5년을 근무하던 중 지금의 남편을 만났다. 아무도 의지할 사람이 없는 이곳에서 연애는 필수조건이었다. 만날 남자 직원들을 만나거나, 동네 언니들을 만나 밥을 먹는 것도 한계가 있었다. 남편은 같은 경찰서에서 근무를 했었던 동료였다.

당시 경찰관의 7~8%를 차지하고 있었던 여경의 결혼 비율은 50% 이상이 넘었다. 그중 반 이상은 부부 경찰이다. 경찰 내부에서는 동료이고, 집에서는 부부이다. 사람들은 부부 경찰을 몹시 부러워하며 공무원 부부는 '중소기업'이라고 말하기도 한다. 그러나 부부 경찰의 고뇌를 잘 알지 못한다. 특히 자녀를 둔 부부 경찰의 어려움은 이루 말할 수 없이 크다.

나는 결혼을 해서 두 아이를 낳았다. 아이를 키우기 위해 야간 당직이 없는 부서로 지원했다. 모든 맞벌이 부부들이 그렇듯이 육아는 전쟁이었다. 우리 부부도 육아 때문에 항상 아슬아슬했다.

"어머니! 이번 선거일에 어린이집이 쉬는데요. 어떡하죠?"

"아 그렇죠! 애들 맡길 곳을 찾아봐야지요. 저희는 모두 근무를 해야 돼요."

"어머니! 그러지 마시고 애들 그냥 우리 집으로 데리고 오세요."

"정말요? 그래 주신다면 제가 너무 감사하죠. 근데 너무 죄송해서요."

"어머니! 전 이미 생각하고 있었던 일이에요. 애들이 갈 곳이 없잖아요."

야간에 당직이 없는 부서라 할지라도, 선거일은 전 경찰관이 비상이다. 그동안 아이들을 키우면서 선거일에 아이들을 맡길 곳이 없어 우왕좌왕했다. 때로는 선생님 댁에, 때로는 아이 친구 집에 염치 불구하고 맡겨두고 퇴근 시간을 기다렸다. 경찰관이 직업인 엄마, 아빠 때문에 힘이 드는 건 아이들도 마찬가지였다. 다른 친구들처럼 휴일에 제대로 쉬지도 못했고, 아침부터 저녁까지 긴 시간을 어린이집에서 지내야 했다.

몇 년 전, 신종플루가 한참 유행이었다. TV에서는 신종플루 때문에 사망한 사람도 발생했다는 소식을 연일 보도했다. 그 당시 신종플루에 대한 불안감은 전국적으로 확산되었다. 물론, 내가 살고 있는 마을도 예외는 아니었다. 어린이집 원생 중에 신종플루에 전염된 아이가 있었고, 당연히 어린이집은 일주일간 휴원을 하였다. 우리 부부는 출근을 해야 되는데 아이들을 돌봐줄 사람이 없었다. 일주일의 휴가는 엄두도 못 내는 상황이었다. 할 수 없이 아이들을 어린이집 선생님 댁에 데려다 주었다. 이뿐만이 아니었다. 우리 아이들은 이런저런 잔병을 많이 달고 살았다. 수족구, 장염, 수두 등 전염성이 강한 병에 걸리면 어린이집에 보내면 안 되었다. 그렇지만 나는 어쩔 수 없이 보낸 적이 몇 번 있었다. 다른 아이들은 생각도 안 하는 이기주의자라고 손가락질해도 어쩔 수 없었다. 그게 최선의 선택이었다.

야간에 갑자기 사고가 발생하거나, 여성 피의자의 호송이 필요할 때면, 난 아이들 때문에 선뜻 갈 수가 없었다. 근무 중인 남편에게 아이를 맡길 수도 없는 노릇이었고, 아직 어린아이들만 두고 갈 수도 없었다. 여기저기 부탁하여 다른 여경과 순번을 바꿔 위기 상황을 모면하기도 했다. 7년이 지난 지금도 이러한 상황들 때문에 항상 구름 위를 걷는 것처럼 조심스럽다. 경찰관으로, 엄마로 산다는 것은 독한 마음이 없으면 불가능하다.

경찰관의 아내로 산다는 것은 남들이 생각하는 정도로 경찰 내부에서 부러운 존재일까? 얼마 전, 신임 경찰관으로 갓 발령받아온 남자 직원에게 물었다.

"넌 결혼할 여자 있어? 어떤 여자와 결혼하고 싶어? 당연히 일하는 여자겠지?"

"당연하죠. 여자도 일해야죠. 나는 여경이랑 하고 싶어요. 근데 여기는 전부 유부녀 여경만 있어요. 신임 여경 발령 안 날까요?"

"왜? 여경과 결혼하고 싶은데?"

"돈도 벌고, 경찰관이라는 특이한 직업을 갖고 있는 나를 많이 이해해주겠지요? 그리고 여경 괜찮지 않나요?"

많은 미혼 남자 경찰관들은 부부 경찰이 되고 싶어 한다. 일단 노후가 보장된 안정적인 직업이기도 하고, 같은 직종의 공무원이기 때문에 서로가 힘이 되어줄 수 있다고 생각한다. 틀린 말이 아니다. 나도 그 말에 동의한다. 오히려 같은 이유로, 여자 경찰관들이 부부 경찰을 더 선호하기도 한다. 여자로서 특이한 직업을 일반 사람들은 이해해주지 못할 수도 있기 때문이다. 그래서 요즘은 여경이 경찰서에 발령 받으면, 여기저기서 총각 직원들은 짝을 맺어보기 위해 안간힘을 쓴다. 그러나 부부 경찰이 모두 좋은 것만은 아니다. 부부 경찰은 서로가 욕먹지 않기 위해 더욱 열심히 일을 해야 한다. 업무뿐만 아니라, 모든 면에서도 서로에게 피해를 주지 않아야 한다. 부부 경찰 중 한 명이 잘못하면, 그 잘못은 부부 모두의 잘못이 되기 때문이다.

"그 직원, 그럴 줄 알았어. 어휴! 저 남편이 불쌍하다."

"그 직원은 대체 왜 그러는 거야? 그러니까 둘이 쌍으로 저러고 다니지!"

이런 식으로 두 부부를 모두 못마땅하게 생각한다. 하지만 반대로 좋은 일이 생기면,

"우와! 그 직원은 그렇게 일을 잘하더니, 내 이럴 줄 알았지. 저 남편은 좋겠다. 돈 잘 벌지. 살림 잘하지. 일 잘하지. 좋겠어."

이렇게 두 부부를 같이 칭찬해 준다. 직장에서는 분명 동료이지만, 다른 사람들은 동료로 생각하지 않는다. 같은 경찰서에서 근무를 하게 되면, 둘이 일은 안 하고 연애만 한다고 생각하는 사람들도 있다. 그래서 일을 잘 못하면, 여러 사람 입에 오르내리기 쉽다. 둘 중 하나가 인정받게 되면, 둘 다 같이 인정받는다. 기혼인 여자 경찰관은, 경찰관이기 전에 한 남자의 아내로, 아이들 엄마로서 역할을 해내야 하기 때문에 매우 힘들다. 경찰관이라는 특수한 업무 때문에 견딜 수 없을 만큼 괴로울 때도 있고, 아이들에게 한없이 미안할 때도 있다. 그렇지만 경찰관 엄마를 존경해주고, 경찰관 아내를 인정해 주는 가족이 있어 난 경찰관이라는 것에 자부심을 느낀다. 부부 경찰로 산다는 것은, 분명 평범하지는 않다. 하지만 동료로서의 남편과 든든한 지원군으로서의 아이들을 생각하면, 이보다 더 환상적인 커플이 또 어디 있겠는가. 뭐든지 자신이 생각하기 나름인 것 같다. 두 배, 세 배 더 업무에 충실하여 모범적인 부부 경찰이 되고자 노력해야겠다.

마지막으로, 미국의 시인이며, 작가, 저널트리스인 '엘라 휠러 월콕

스'의 명언을 기억하자.

"똑같은 바람으로도 어떤 배는 동쪽으로 향하고 어떤 배는 서쪽으로 향한다. 중요한 것은 바람이 아니라 돛이다. 인생을 여행하는 일도 같은 이치다. 그 방향을 결정하는 것은 평화나 전쟁이 아니라 바로 당신의 의지다."

열 남자 안 부러운 여자가 되고 싶다

"상미 씨! 잘 있지? 여기 와 보니까 상미 씨가 얼마나 일을 열심히 하는
지 알겠더라. 난 당연히 모든 여경이 상미 씨 같은 줄 알았는데, 아니더
라고. 정말 일 잘하는 사람인 것 같아."

인사 발령으로 다른 경찰서로 전출된 어느 남자 직원이 보내 준 메
시지 내용이다.

남자의 비율이 훨씬 많은 경찰이라는 곳에서 남자로부터 여자가
인정받는다는 것은 참 어려운 일이다. 요즘 여성들이 모든 분야에서
두각을 나타내는 시대라고 하지만 아직도 우리나라 남자들은 가부장
적인 기질을 다소 가지고 있다. 경찰 조직뿐만 아니라, 다른 기업체에
서도 마찬가지이다. 주요 간부 자리는 모두 남성들이 차지하고 있다.

아직 우리 사회에서는 임신과 출산, 육아는 여성의 전유물이라는 인식 때문에 여성이 고위직에 이르는 것이 매우 드물다. 많은 여성들이 아직도 임신, 출산, 육아 문제로 퇴사를 고려하기도 한다. 그러나 나는 워킹맘을 선택했다. 출산 이후 육아 문제로 많이 힘들었지만, 든든한 조력군인 남편 덕분에 계속 일을 할 수 있었다. 경찰이라는 조직도 기혼 여자 경찰관을 좋아할 리 없다. 당직 근무와 경비 동원근무에서 제외되는 것을 남자들은 특혜라고 생각한다.

나는 일을 하면서 여성들이 사회에서 크게 인정받지 못하는 이유를 알게 되었다. 그리고 사회에서 인정받기 위해서는 포기해야 할 것들이 많다는 것도 알았다. 난 내 능력을 인정받고 싶었다. 당당히 여자 경찰관으로서 커리어를 펼치고 싶었다. 그래서 나는 남자들 틈 속에서 능력 있는 여자로 살아남기 위해 몇 가지 원칙을 정했다.

첫 번째는, 업무를 게을리하지 않는 것이다. 어느 곳이나 무임승차하는 사람들은 꼭 있는 법이다. 자신의 업무를 충실히 하지 않고 다른 사람들의 노력에 얹혀 가는 사람들이 있다. 나는 이런 부류의 사람들을 상당히 싫어한다. 자신의 업무에 충실하지 않으면서, 늘 얼렁뚱땅 넘어가려고 한다. 난 그런 사람이 되기 싫었다. 그래서 공부를 했다. 진급 공부가 아닌 업무에 관련된 매뉴얼이나 규정 등을 공부했다. 어떤 원리인지 꼼꼼히 분석했다. 자신의 업무에 완벽을 기하는 사람 앞에서는 누구든 절대 큰소리치지 못한다.

두 번째는, 회식에 참석하는 것이다. 경찰처럼 남자들이 많은 조직에서는 회식 자리, 술자리가 자주 있다. 솔직히 나에게 회식이라는 자리는 피곤하고 쉽게 내키지 않는 자리이다. 하지만 남자 직원들은 그런 술자리를 통해서 서로 사이가 돈독해지고 정보도 공유한다. 나는 회식을 한다고 하면, 아이들 때문에 곤란하다는 핑계로 거의 참석하지 않았다. 사실이었다. 워킹맘들은 쉽게 회식이나 단체 모임에 참석할 수 없다. 그러다가 회식에 자주 참석하지 못할수록 내가 손해라는 것을 알았다. 그래서 사적인 술자리는 참석하지 못해도, 사무실에서 공식적으로 진행되는 회식은 꼭 참석한다. 그리고 일할 때는 확실히 하고, 놀 때도 역시 확실히 잘 놀기로 했다. 괜히 나 때문에 분위기 망치는 일은 없어야 한다.

세 번째로는, 절대 눈물을 보이지 않는 것이다. 내가 가장 싫어하는 여성은 자주 우는 사람이다. 남자 상사가 무슨 말을 하면, 먼저 눈물부터 보이는 여성들이 종종 있다. 눈물의 힘으로 남성의 마음을 흔들려고 하는 것인지, 아니면 정말 힘들어서 우는 것인지 정확히 알 수는 없지만 한 가지 확실한 것은 눈물을 흘리는 것은 직장 생활에서 아무 도움이 안 된다. 자신의 능력이 부족해서 생긴 일이라면, 업무에 대한 공부를 하면 되고, 오해에서 비롯된 일이라면, 해명하면 되는 것이다. 그런데 눈물부터 흘리며, 상대를 곤란하게 만드는 것은 아주 현명하지 못한 행동이다. 남자들은 그런 여자를 한 마디로 '재수 없다.'라고 생각할 뿐이다.

네 번째로는, 항상 자신감을 갖는 것이다. 상사가 무슨 업무를 시키면, "그건 제가 할 수 없을 것 같습니다."라고 말하는 사람들이 종종 있다. 이런 행동은 좋은 모습이 아니다. 상사는 분명 자신감을 가지고 "네, 제가 하겠습니다."라고 말하기를 바란다. 어느 상사가 자신의 말에 미지근하게 반응하는 사람을 좋아하겠는가. 나는 실제로 상사가 무슨 일을 시키거나 물어보면, "네, 제가 다 할 수 있어요. 걱정 마세요! 전 일당백입니다."라고 대답한다. 그리고 대답처럼 일을 멋지게 해내려고 노력한다. 자신감 없는 행동은 자칫 무능해 보일 수 있다.

그리고 마지막으로, 모성애를 보여주는 것이다. 실제로 남자 직원들 사이에서는 인간애가 중요하다. 여성은 타고난 성향인 모성애를 가지고 있기 때문에, 메말라 있는 감성에 자극을 줄 수 있다. 남성들은 타고나기를 타인을 잘 배려하지 못하고, 챙겨주는 것에 약하다. 그래서 여성의 모성 본능을 이용해 직원들의 부족한 부분을 챙겨주고, 도와준다면 대부분이 남성들로 구성된 우리 조직에 활기를 불어넣어 줄 수 있을 것으로 생각했다. 그리고 그 생각은 맞아떨어졌다.

나는 다섯 가지의 원칙을 지키려고 노력했다. 물론 지키기 쉽지 않았지만 인정받는 직원이 되고 싶어 지난 12년간 최선을 다했다. 주어진 업무에 대해서는 완벽하려고 애썼다. 그리고 남자 직원들과의 인맥도 좋은 편이다. 단체 모임 또한, 내가 계획하고 주도하여 사람들을 끌어모은다. 업무적으로 압박을 주는 상사가 있다 할지라도, 절대 힘들다고 눈물을 흘리지 않는다. 상사의 부당함이 발견되면, 그 즉시 반론을 제기하기도 했다. 그리고 난, 늘 당당하게 "할 수 있다."고 말했다. 내가 하지 않으면 할 수 있는 사람이 없는 것처럼 당당히 모든 일을 해내려고 노력했다. 그리고 나는 잘 웃었다. 무서울 때는 엄청나게 무섭다는 소리를 많이 듣지만 잘 웃고, 사람들에게 호의적으로 대했다. 남자 직원들이 그냥 지나칠 수 있는 사소한 일들을 먼저 챙겨주고, 그들이 필요로 하는 것을 미리 구비해 두기도 했다. 직원들은 나를 누나처럼, 동생처럼, 친구처럼 편하게 생각하는 것 같다. 그래서인지 나에게 비밀도 잘 털어놓고 좋은 정보도 공유해준다.

회식자리에서 남자 상사분이 나에 대해 이렇게 말씀하셨다.
"상미는 진짜 대단한 애야. 성격도 좋고, 착하고, 일도 잘하잖아. 얼굴이 예쁜 것은 아닌 것 같고. 허허허. 그리고 시키지 않아도 스스로 너무 잘하잖아. 다른 직원들하고 비교해봐! 여경들끼리 비교하는 것은 아무 의미가 없다니깐. 상미는 다른 남자들과 비교해도 훨씬 나은 존재야. 가끔 무서울 때도 있지만, 이만한 직원은 없어. 그렇지 않아? 나는 10년 넘게 상미를 겪어봤지만, 늘 한결같고 능력 있는 애야. 진짜 열 남자 안 부러워! 허허허."

얼마 전, 상반기 인사발령이 있을 때였다. 함께 근무하던 직원이 나에게 와서,

"관리반장님! 발령 안 나셨죠? 저는 관리반장님 발령만 안 나면 돼요!"

그 직원은 나와 함께 일하는 것이 즐겁다며 오래오래 같이 근무했으면 좋겠다고 쑥스럽게 웃었다.

나는 남자들 틈 속에서 살아남기 위해 안간힘을 썼고, 그 결과로 '열 남자 안 부러운 여자 한 명'이라는 수식어가 붙은 대한민국에서 일 잘하는 여자 경찰관이다.

몰지각한 사람들이
경찰을 강하게 만든다

경찰이 가장 싫어하는 사람이 바로 '진상을 떠는 사람'이다. 비상식적인 사람으로 인해 경찰이 날로 힘들어지지만, 사람을 상대하는데 있어 오히려 더 단련이 되는 것 같다. 경찰관으로 근무를 하면, 자신이 얼마나 잘난 사람인지 나타내지 못해 안달인 사람들을 많이 볼 수 있다. 그리고 정말 잘난 것도 없으면서 일부러 위세를 떠는 사람들 또한 자주 만난다. 몰지각하고 비상식적인 사람들의 천태만상을 이제부터 소개해 본다.

어느 여름날, 비가 무척 많이 오고 있었다. 교통사고 신고를 접한 경찰관들은 현장으로 즉각 출동했다. 그곳에 교통사고 관계인인 그는 BMW 차량을 타고 있었다. 한눈에 봐도 재력이 있어 보이는 남자였다. 경찰관들은 사고경위를 조사했고, 그 BMW 차량의 운전자를 가해자로 판단했다. 그러나 그 남자는 극구 부인했다. 자신은 경찰관이 내린 판단을 믿을 수 없다는 것이었다.

"경찰이 알면 얼마나 안다고 나한테 가해자라고 하는 거야? 내 변호사 있으니까 변호사 오면 얘기할 거야! 대한민국 경찰을 믿을 수가 있어야지! 내가 판검사를 얼마나 많이 아는 줄 알아? 내가 말 한마디 하면, 너네 옷 다 벗길 수 있어!"

이상하게도, 상당한 재력을 가진 것으로 보이는 사람들은 모두 하나같이 판검사와 친하다고 말하는 공통점이 있다. 촌구석에서 근무하는 경찰관을 못 믿겠다고 소리치면서, 경찰관을 무시하는 사람들이 간혹 있다. 그런 사람들은 실제로 재력도 권력도 없는 사람들이 대부분이다. 가진 것도 별로 없으면서 항상 있는 척 떠들어댄다. 그러면 그럴수록 경찰관들은 원칙에 입각하여 일을 처리한다. 경찰 옷을 벗기겠다고 큰소리 떵떵 친 사람들 중에 실행에 옮기는 사람을 본 적이 없다. 아니나 다를까 어느 정도 시간이 흐른 뒤, 그 남자에게 찾아 온 사람은 변호사가 아닌 보험회사 직원이었다. 진정한 강함의 의미를 모르는 그 남자, 정말 몰지각하다.

어느 저녁 무렵 신고가 접수되었다. 한 남자가 술에 취해 택시 영업을 방해한다는 것이다. 현장에 출동한 경찰관은 행패를 부리던 그 남자를 지구대로 동행했다. 하지만 그 남자는 지구대에 온 이후로도 계속 소란을 피웠다.

"민주 경찰이 이러면 되는 거요? 내가 뭘 잘못했다고 날 여기 데리고 온 거요?"

"선생님은 택시 기사에게 폭행을 가했고, 택시 영업도 방해하셨어요. 좀 조용히 하세요!"

"내가 영업 방해를 했다고? 내가 폭행을 했다고? 말도 안 되는 소리 하고 있네. 니들 모두 죽고 싶어? 증거 있어? 증거 있냐고! 내가 어떤 사람인데 감히 날 건드려! 후회하게 될 거야! 어디 마음대로 해봐! 여기 CCTV 있지?"

"네 CCTV 녹화되고 있으니 걱정마세요!"

"아아아, 아파, 갑자기 배가 아프고 그러네! 빨리 좀 풀어줘!"

이 남자의 행동은 극히 자연스러운 행동이었다. 술에 취한 사람들은 이런 식으로 행동하는 경우가 많다. 그리고 그 다음 날, 사건조사를 위해 출두 요구를 했다. 그런데 이 사람은 전날 밤과 전혀 달라진 게 없었다. 오히려 자신을 불법으로 연행했다며 경찰관을 원망했고, 자신이 저지른 일들을 모두 부인했다. 대부분 사람들은 전날 밤의 일로 다음날 경찰서에 출두하게 되면, "미안하다. 술 취해서 그랬다."며 사과한다. 하지만 이 남자는 사과는커녕 경찰관이 편파 수사를 한다고 또다시 으름장을 놓고 있었다.

"선생님! 이거 생각 안 나세요? 택시기사 때리고 업무방해 한 거 생각 안 나세요?"

"제가요? 저는 그런 일 없습니다. 경찰관님들께서 잘못 알고 계신 겁니다."

"선생님 잘 생각해 보세요! 그럼 뭐 경찰관이 거짓말을 한다는 거예요? 어제 현장에 나가서 똑똑히 봤고, 이렇게 진단서까지 있어요. 경찰관이 출동했는데도 계속 그러셨잖아요!"

그는 조사 내내, "경찰관님 저는 그런 적 없습니다. 편파 수사하지 마세요. 전 결백합니다."라며, 답답한 말만 되풀이했다. 이런 사람들을 대할 때는 굉장한 인내심이 필요하다. 화를 내서도 안 되고, 소리를 질러서도 안 된다. 술이 깨고 멀쩡한 정신의 사람이 이렇게 행동을 하면, 경찰관들은 더욱더 피곤해진다. 그리고 오기가 생기기 시작한다. 꼭 제대로 된 처벌을 받게 해주리라 결심한다.

"알았어요. 선생님! 이제부터 선생님이 진술하는 대로 조사할게요. 그럼 되겠죠? 하나도 인정을 못 하시겠다면, 그렇게 적어 드릴게요. 저도 더 이상 말씨름하기 싫어요. 다 선생님께 조금이라도 유리하게 해드리려고 해도 선생님께서 거부하시는 겁니다."

자신의 잘못을 인정하지 않고, 모든 조사에도 철저히 불응하며, 자신의 고집만 내세우는 사람들은 착각을 하고 있다. 본인의 잘못을 인정하지 않고, 묵비권을 행사하면 자신에게 유리하게 작용할 것이라는 잘못된 생각을 하는 사람, 비상식적인 사람이다.

눈이 내리는 어느 날, 눈길 교통사고 신고가 접수되었다. 눈오는 날은 접촉사고가 많이 발생했다. 그래도 눈길에 발생하는 교통사고는 가벼운 접촉사고가 대부분이다. 눈길에 미끄러져 어쩔 수 없이 사고가 발생하기 때문이다. 신고를 접하고 경찰관들은 현장에 출동했다. 현장에 도착하자마자 여자 운전자의 목소리가 들렸다. 그녀는 정지해 있는 자신의 차를 상대방이 추돌했다며 큰 소리로 다투고 있었다. 경찰관이 도착한 후에도 계속해서 삿대질을 하며, 상대방 운전자에게 욕을 퍼부었다. 교통사고는 어느 누구에게나 일어날 수 있는 일이다. 그런데 무슨 대단한 잘못이라도 한 듯 욕을 하며, 큰 소리를 내는지 이해가 되지 않았다.

"선생님! 좀 진정하세요! 신고하셔서 저희가 왔잖아요! 그럼 저희한테 조용히 말씀하세요!"

"아니, 보세요! 내가 가만히 있었는데 아저씨 차가 와서 박았잖아요. 아저씨는 그러면 좋겠어요? 저 지금 너무 기분 나쁘거든요?"

"선생님! 저분이 일방적으로 갔다 박은 게 아니고 선생님 차를 피하려다가 그런 거잖아요. 차도 많이 망가지지 않아서 보험으로 처리하시면 되는데 왜 이렇게 흥분하세요?"

"이것 보세요! 이거 안 보이세요? 이 차 뽑은 지 얼마 되지 않은 차에요. 근데 백미러가 까졌잖아요!"

"아 저희도 그 마음 아는데요. 중요한 건, 이미 사고가 났으니깐 후속 조치를 빨리 취하는 게 맞잖아요. 보험으로 처리하면 될 것 같으니까 진정 좀 하시라고요! 저분이 차 안 고쳐주신대요? 보험으로 처리해 주신다고 하잖아요!"

"어머? 아아아. 저 갑자기 목이 아파요. 저 병원 갈 테니까 처리해 주세요! 진단서도 낼 거예요!"

백미러 조금 벗겨진 것 때문에 시비가 되어, 경찰관이 출동했고 자신은 전혀 잘못이 없다고 우기다가 그 여성은 결국 목을 다쳤다며 입원치료비와 함께 진단서를 제출했다. 일방적으로 추돌교통사고를 야기했다고 주장하며, 삿대질과 함께 욕을 퍼붓던 그녀는 정말 이해하기 힘들다. 같은 여자 입장에서 이런 경우를 보면, 답답하고 속이 상한다. 동료 남자 직원들은 내 앞에서 여자 운운하며 말하지 않는다. 이런 상황이 벌어지면 나는 일부러 여자들을 욕하기도 한다. 여자든, 남자든 상식적으로 행동하는 모습은 멋지다.

경찰에서 만날 수 있는 비상식적인 사람들은 이보다 더 많다. 직업상 깨끗하고 올바른 사람들을 많이 만나지 못하는 것은 당연하다. 그렇지만 이런 비상식적인 사람들과 한 번 말다툼을 벌이고 나면, 녹초가 된다. 그렇다고 해서, 경찰관이 이런 사람들에게 끌려다닐 수는 없다. 그래서 그들에게는 항상 엄정한 법 집행으로 보상해 준다. 이런 사람들로 인해, 괜한 시간을 낭비하게 되고, 경찰 업무가 지연되거나 심하면 마비가 되는 것이 사실이다. 한편 생각해보면, 이러한 몰지각한 사람들로 인해 경찰관은 더 강하게 단련되기도 한다. 사람들을 다루는 법과 사건 해결하는 방법 등을 각양각색의 사람에 맞게 처리하는 능력이 향상된다.

일보다 사람 관계가 더 힘든 법이다

　세상은 넓다. 그리고 세상에는 여러 성향의 사람들이 존재한다. 경찰도 마찬가지이다. 경찰은 15만 인원이 전국에 배치되어 있는 거대한 조직이다. 또한, 경찰업무는 절대 혼자서 일을 할 수 없다. 팀워크나 소통과 화합을 기반으로 조직이 운영된다. 다른 조직도 그렇듯이 경찰 내부도 모든 사람들이 서로를 존중하며 일을 하는 것은 아니다. 그중에서도 경찰관들 사이에서 선호하지 않는 경찰상이 있다. 경찰관으로 근무를 하면서 이런 성향의 사람들을 많이 만났다.

　올해 40대 후반인 그는 뭐든지 스스로 하는 법이 없다. 신고사건 처리를 할 때도 그는 늘 뒷전이다. 파출소 근무에서는 팀워크가 무척 중요하다. 중요 신고사건 처리할 때에도 팀원들과 함께 신중한 처리가 필요하기 때문이다. 그런데 그는 늘 "별것도 아니야. 그냥 대충해도 돼!"라고 말하며, 슬슬 뒷전으로 빠지기 시작한다. 그것도 부족해 전화도 잘 받지 않고, 민원 응대에도 불성실하다. 중요한 과제가 있으면, 팀원들에게 얹혀서 대충하고 만다. 그가 하루 종일 하는 것이라고는, 시계만 보며 퇴근 시간을 기다리는 것이다. 그리고 틈만 나면 인터넷 서핑만 하다 하루를 마무리한다. 당연히 같이 일하는 팀원들은 그를 싫어한다. 무슨 일을 해도 나서지 않고, 나 몰라라 하는 것이 너무 얄미워 보인다. 그로 인한 동료 간의 갈등은 점점 골이 깊어져만 갔다. 그래서 나는 그의 행동이 너무 못마땅할 때면, 대놓고 말했다.

"입으로만 일하려 하지 말고, 행동으로 보이세요! 후배들 보기 창피하지 않으세요? 뭘 요구하기 전에 스스로 해야 할 일을 먼저 하세요! 그리고 요구하세요! 그리고 부탁하세요! 제발 무임승차하지 말라고요. 그리고 이만큼 해준 직원들한테 감사하게 생각하시고요!"

하지만 그는 나의 이런 말을 듣고도 아랑곳하지 않았다. 오히려 '네가 더 이상한 사람이다.'라고 생각하는 것 같았다. 이런 자세로 직장 생활하는 사람 때문에 전체 경찰관들이 무사안일주의라며 비난을 듣는다. 할 수 있으면서도 하지 않으려 하고, 일은 하지 않으면서도 자신에게 이득이 되는 일에는 욕심내어 챙기려는 사람은 경찰 내부에서도 도움이 되지 않는다. 이런 사람은 어느 조직에서든지 환영받지 못한다.

올해 마흔 살인 그는 자기 생각만 한다. 자기에게 득이 되지 않는 일은 절대 하지 않는다. 조금의 손해라도 볼 것 같으면, 처음부터 시작하지도 않는다. 세상을 살아가면서 항상 이렇게 살 수 없는 노릇이다. 항상 자신에게 이로운 일만 있다면, 이보다 더 좋은 것은 없겠지만 이런 일은 드물다. 이익이 있으면 손해도 있는 것이다. 그는 지나치게 이기적인 사람이다. 혼자서 할 수 있는 일은 혼자서 했고, 남의 도움을 전혀 필요로 하지 않았다. 남들이야 뭘 하든 상관하지 않고 자기 일에만 신경 쓰는 사람이었다. 자신의 업무만 잘 처리하면 됐지 뭐가 문제냐고 생각할 수 있다. 그러나 경찰이라는 조직은 혼자서 일하기에는 어려움이 많다.

"이따 직원들 오면 같이하지! 꼭 혼자서 저런다니까! 같이 도와서 하면 더 빠를 텐데 꼭 혼자서 그래. 어휴, 저러니까 같이 근무하고 싶어 하는 사람이 없는 거야! 그렇지 않아?"

직원들은 그를 보면서 이렇게 수군거렸다. 자기 생각만 하는 그 사람이 좋을 리 만무하고, 그로 인해 자기들도 더 이상 피해 보고 싶지 않아 했다. 이런 사람들 역시 단체 생활에 어울릴 수 없는 사람이다. 자신이 스스로 변하려 하지 않는다면, 소외당하기 쉽다.

삼십 대의 여자 경찰관인 그녀는 항상 아무것도 모른다는 표정을 짓고 있다. 무슨 말을 하면 못 알아듣는 것인지, 아니면 알아들으면서 일부러 모르는 척하는 것인지, 알 수가 없다. 그녀는 행동도 느리고 눈물도 많다. 그리고 자신의 업무에 전문성이 없다. 그래서 업무에 대해 물어보면, 늘 시원한 대답을 하지 못한다. 답답할 뿐이다. 충고를 해주어도, 항상 그때뿐이다. 상사가 업무에 관해 꼬집거나 쓴소리를 하면 그녀는 금세 눈물을 흘리고 만다. 처음에는 잘 모르고 그랬거니 했는데 시간이 가도 고쳐지지 않는다. 그냥 먼저 울기만 한다. 그런 그녀를 좋아할 리 없다. 한두 번도 아니고 항상 아무것도 모른다는 표정에, 듣기 싫은 말을 한마디라도 하면 울기 바쁜 그녀는 어디에서나 환영받지 못한다. 같은 여경 입장에서 본다면, 정말 이해되지 않는 행동을 하는 직원이다. 같은 여성으로서 수치스럽다. 어느 곳에서나 한 명쯤은 있을 사람이다.

어느 조직이든, 입으로 일을 하는 사람들이 있다. 행동으로 보여주지 않고 말만 앞세우는 사람이다. 무슨 일이 생기면, "아무것도 아닌 일이다. 신경 쓰지 마라."라고 말하면서, 절대 먼저 움직이지 않는다. 그런 사람들은 책임감이 많이 없다. 당연히 직원들 사이에서 인정받지 못한다. 직원들끼리 의논하거나 토의를 하면, 그 사람은 늘 "대충 해!"라는 말만 한다. 그러다 사건이 터지게 되면, 자신은 책임을 떠맡지 않으려고 안간힘을 쓴다. 경찰 업무는 이렇게 무책임하고 안일하게 일하는 사람들이 근무하기에는 너무 위험하다. 법을 집행하는 권

한을 가진 조직이기 때문에, 자신의 결정에 대한 책임을 회피하는 사람은 경찰에 어울리지 않는다. 원만한 인간관계 또한 이루어지지 않을 것이며, 점점 근무하는데 많은 어려움을 겪을 것이다. 그리고 동료 직원들 역시 힘들고 지칠 것이다.

나는 12년간의 경찰생활을 하면서 여러 성향을 가진 사람들을 만났다. 위에서 열거한 사람들은 물론, 더 독특한 성격의 사람들도 만났다. 그럴 때마다, 나는 대놓고 충고를 해주었다. 처음에는 날 당돌하게 생각하는 사람도 있었고, 어떤 상사는 자기를 가르치려 한다며 화를 내는 사람도 있었다. 괘씸하다고 다른 사람들한테 나를 모함한 적도 있었다. 하지만 개의치 않았다. 그렇다고 남을 의식해서 할 말 못하고 사는 사람이 되기 싫었다. 나는 옳지 않다고 생각되는 일을 누군가가 하고 있다면 절대 그냥 넘어가지 않았다. 그것이 잘못된 것이라고 꼭 알려줘야 한다고 생각한다.

세상 사람들이 모두 좋아하는 사람은 없다. 사람들의 성향이 다르고 생각하는 기준이 다르기 때문이다. 다만 사람으로서의 기본적인 예의와 규칙은 집단생활을 하는데 꼭 필요하다.

사람들 사이에서 문제가 발생하고, 의견이 엇갈리는 일이 자주 발생하는 것은 당연하다. 대부분의 사람들이 직장생활을 하면서 일보다 인간관계 때문에 힘들다고 한다. 다양한 사람들이 조화를 이루며 조직이 잘 운영되려면 타인에게 피해를 주지 않기 위해 노력해야 한다. 또 최소한의 희생은 감수해야 한다.

프로는 아름답다

프로페셔널(professional)이란, 어떤 일을 전문으로 하거나 그런 지식이나 기술을 가진 사람이라는 뜻이다. 프로는 아마추어의 시절에 겪은 경험을 토대로 된 것이다. 사람들은 자기의 일에 프로가 되기 위해 지금 이 시각에도 많은 노력을 기울이고 있다.

프로골퍼 신지애 선수가 있다. 그녀는 초등학교 5학년 때 아버지의 손을 잡고 처음 골프를 시작하였다. 집안이 그리 부유하지는 않았지만, 그녀의 아버지는 딸의 남다른 운동감각을 보고 골프를 배우게 하였다. 골프를 하면서, 그녀는 인생의 고난을 여러 번 넘겼다. 고등학교 2학년 때는 골프 훈련비를 충당할 수 없어, 훈련을 못 받게 되었다. 그러나 그녀는 포기하지 않았다. 골프 연습장을 찾아다니며, 연습장을 사용하게 해달라고 사정했다. 하지만 그녀의 제안을 받아주는 곳은 없었다. 그러던 중 그녀의 끈질긴 행동이 어느 골프 연습장 대표의 마음을 사로잡았고, 골프 연습장 사용과 함께 전국대회 출전의 경비도 지원해 주었다. 그러나 그녀에게 또 한 번의 시련이 찾아왔다. 어머니의 교통사고 사망소식이었다. 그녀의 아버지는 목사로 박봉이었기 때문에 연습 비용을 마련하기 어려웠다. 그러자 신지애 선수의 아버지는 어머니의 사고 보상비 1,500만 원을 딸의 골프 훈련에 모두 투자했다. 골프는 그녀에게 귀족 스포츠가 아니었다. 가족을 위한 처절한 생계 도구였다. 어머니의 목숨과 바꾼 돈으로 골프 연습을 한 신지애는 골프에 자신의 목숨을 걸기로 다짐했다. 그리고 훈련에 최선을 다했고, 마침내 LPGA 투어 브리티시 오픈에서 첫 메이저 대회 우승을 안았다. 그녀는 프로이다. 골프로 최고가 되기 위해 엄청난 노력을 했다. 분명 중도에 포기할 수밖에 없었던 상황이 있었으나 그녀는 중단하지 않았다. 그리고 어머니의 목숨과 바꾼 돈으로 골프 연습을 하면서도 그녀는 결코 흔들리지 않았다. 오히려 더 열심히 했고, 골프에 자신의 목숨을 걸 정도로 최선을 다했다.

나는, 강원도 시골의 한 지구대의 관리반에서 근무하고 있다. 관리반에서 일을 한 지는 7년이 넘었다. 관리반이란, 한 지구대의 행정업무와 회계업무 그리고 민원업무 등을 담당하는 부서이다. 이 업무는 잡다한 업무로 자리를 꺼리는 사람들이 상당히 많은데, 7년 동안 같은 업무를 계속해왔다. 나는 지금 이 업무를 중요하게 여긴다. 이 일은 경찰의 모든 업무를 통달해야 할 수 있는 일이다. 그렇지 못하면, 여기저기 물어보느라 시간을 허비하기도 한다. 나 역시 그런 과정이 있었다. 7년 전 관리반 업무를 처음 시작할 때 너무 생소해 적응하느라 고생을 많이 했다. 그때는 이 업무를 잘 알고 있는 직원이 없어서 누구에게 도움을 청할 수도 없었다. 혼자 연구를 해가며 업무처리를 했었다. 새로운 시책이 발표되어 시행될 때면, 규정부터 꼼꼼히 공부를 해야만 했다. 모르면 경찰청 해당 부서로 직접 문의했고, 그런 과정에서 업무에 대한 지식이 습득됐다. 7년이 지난 지금은 이 업무에 대해서는 베테랑이라고 자부한다. 어떤 사람들은 이렇게 말한다. 대충대충 하면 될 일을 굳이 어렵게 만든다고. 그때그때 필요할 때마다, 전임자가 해놓은 결과물을 그대로 따라 하라고 한다. 하지만 나는 그렇게 하지 않는다. 어떤 업무이든지 내 것으로 만들어야 직성이 풀리기 때문이다.

어느 날, 내가 근무하는 사무실로 여성 민원인이 찾아왔다. 그녀는 무슨 일 때문인지 화가 무척 많이 나 있었다. 사무실에 들어오자마자 대뜸 따지기 시작했다. 자신이 과속운전에 적발되었는데, 이곳에 근무하는 경찰관이 잘못 처리해서 벌점을 받게 되었다는 것이다. 21km를 초과하여 과속운전으로 적발이 되면, 벌점 15점이 부과된다. 이것을 경찰관이 설명해주지 않아서 괜한 벌점을 받았다고 주장하였다.

"이것 봐요! 얼른 다시 원래대로 해줘요!"

"선생님! 이건 다시 원래대로 하지 못합니다!"

"내가 잘못한 것도 아니고 경찰관이 잘못한 걸 왜 안 해준다는 거예요?"

"선생님 경찰관이 잘못한 것이 아닙니다. 경찰관은 선생님이 과속 운전하셨다고 해서 선생님에게 통고 처분을 부과한 것입니다."

"분명히 벌점이 없다고 했다니까요!"

그녀는 계속해서 소리를 지르며 따졌다. 목소리도 너무 큰 데다 화가 나서인지 유난히 시끄러웠다. 내가 아무리 설명을 해도 듣지 않았다. 그래서 나는 한 발짝 물러나 그녀에게 처음부터 다시 설명했다. 이런 민원인들은 이 일을 제대로 해결해주길 원하는 것이 아니다. 자신의 잘못을 경찰관 탓으로 돌리고 싶을 뿐이다. 그리고 누군가에게 위로받고 싶은 마음을 가지고 있다. 그래서 나는 더 이상 말대답을 하지 않고, 그녀에게 시원한 얼음물을 권했다. 얼음물을 한 잔 마시더니 의자에 앉았다. 조금 진정됐다 싶어 나는 그녀의 옆에 앉았다. 그리고 서서히 달래기 시작했다.

"선생님. 선생님 마음을 모르는 게 아니에요. 저희 직원이 잘못해서 그랬을 수도 있고, 아니면 선생님이 잘못 들으셨을 수도 있어요. 화 좀 그만 내세요. 그리고 차근차근 말씀하세요. 제가 선생님께 욕먹을 일 한 것이 아닌데, 왜 자꾸 저한테 그러세요!"

내 말을 듣던 그녀는 표정이 서서히 달라졌다. 그리고 자신이 잘못했다는 것을 인정했다. 괜히 경찰에게 화를 냈다며, 창피해하며 나갔다. 사람의 성향을 파악해서 대하는 것도 프로들이 하는 일이다. 아직 자신의 업무에 베테랑이 되지 못한 사람들은 분명 같이 화내고 따졌을 것이다. 이런 사람들을 어떤 방법으로 상대해야 하는지 전혀 알지 못하기 때문이다. 이날 어느 동료직원이 나에게 이렇게 말을 했다.

"나 경사님! 저는 혈압이 올라서 죽는 줄 알았는데, 이렇게 대처를 잘하시는 것을 보니 본받고 싶네요!"

사람을 상대하는 일이든, 업무든 프로가 되기는 어렵다. 어느 분야에서 프로가 된다는 것은 그 분야에서 최고가 되는 것이다. 프로는 그냥 만들어지는 것이 아니다. 가만히 앉아 있다고 되는 것도 아니며, 오랜 기간이 지났다고 하늘에서 뚝 떨어지는 것도 아니다. 프로는 노력하지 않으면 될 수 없고, 그만큼 풍부한 경험을 했다는 것이다.

나는 가끔 사람들로부터 "별로 바쁘지 않은 것 같다."라는 말을 듣는다. 나는 이해할 수 있다. 사람들이 내 업무 방식의 특성을 이해하지 못했기 때문이다. 나는 프로다. 그래서 어떤 일을 주면, 항상 내가 알고 있는 지식과 경험들을 총동원한다. 따라서 오랜 시간을 허비하지 않고도 일을 해낼 수 있다. 하루 종일 한 가지를 붙잡고 쩔쩔매는 그런 아마추어와는 다르다. 신속하고 정확한 업무처리 능력으로 나는 늘 한가한 직원처럼 비친다.

나는 프로다. 아마추어와는 다른, 뜨거운 열정을 가지고 내 일을 한다. 힘든 일이 있어도 끝까지 붙들고 해결하는 진정한 프로다. 그래서 나는 아름답다.

가정생활에 관련된 서적을 출판하는 것에서 시작해 억만장자 대열에 오른 여성기업인이자 미국의 '살림의 여왕'인 마사 스튜어트(Martha Stewart)는 프로정신에 대해 이렇게 말했다.

"연애를 하듯 일에도 뜨거운 열정을 가져라. 나는 삶과 사업에 똑같은 열정의 자세로 임한다. 한 마디로 나의 삶이 곧 일이고 일이 곧 삶이다. 열심히 경청하고 매일 새로운 것을 배우는 최고의 전문가로 거듭나야 한다."

chapter 4

대한민국
최초
동기부여
경찰관을
꿈꾸다

나는 경찰을 꿈꾸는 이들에게 동기부여를 해주는 강사를 꿈꾸고,

"할 수 있다."라는 희망을 줄 수 있는 꿈 멘토이자 강연가가 되고 싶다.

서른다섯, 내 인생의 제2막이 시작되었다.

그 꿈은 대한민국 경찰에서 더 커지고 완성될 것이다.

지금의 나를 있게 해준 이곳,

평범한 나를 특별하게 만들어준 대한민국 경찰이 나는 좋다.

나는 대한민국 최초 동기부여 작가 및 자기계발 작가,

동기부여 강사라는 환상적인 꿈을 꾸는 대한민국 경찰이다.

그 꿈은 반드시 이루어지리라 믿고 있다.

바로 이곳 대한민국 경찰에서.

나의 12년은
쉽게 만들어진 것이 아니다

경찰생활 12년 동안 프로가 되기 위해 안간힘을 썼다. 누구보다 부지런했으며, 누구보다 더 공부했다고 자부한다. 일찌감치 시험승진을 포기했으나, 후회해 본 적은 없다. 어떤 게 중요한지, 내가 무엇을 해야 하는지 알 수 있었기 때문이다.

이제 근무한 지 12개월도 되지 않은 후배 A는 나에게 몇 번씩 전화를 한다.

"선배님, 경무계에서 어제 지시한 거 있잖아요. 그거 어디서 볼 수 있어요?"

"선배님, 초과근무 계산 양식 만든 거 있으면, 좀 주시면 안 돼요?"

A는 어떤 일을 주면 스스로 알아서 처리할 생각은 않고, 먼저 다른 사람에게 질문부터 하는 버릇을 가지고 있다.

"A야, 그건 어제 공문 찾아봐서 해결하면 되고, 초과근무양식은 네가 만들어서 해!"

나는 여지없이 혼자 해결하라고 말해준다.

"선배님, 그냥 좀 알려주시면 안 돼요? 저 지금 무척 바빠서요."

"A야, 나도 바쁘거든? 그리고 너는 좀 먼저 찾아보고, 정 모르겠으면 그때 물어봤으면 좋겠어."

A의 이런 행동은 한두 번이 아니었다. 툭하면 전화해서 '이거 해 달라 저거 해 달라.'하며 만날 부탁하기 바쁘다. 나는 그 행동이 마음에 들지 않는다. 스스로 해보지도 않고 남의 도움부터 받으려고 하기 때문이다. 그녀의 이런 행동으로 나는 적잖은 피해를 봤다. 시간도 많이 빼앗기고, 도와줘도 당연한 것처럼 생각하는 그녀 때문에 속도 많이 상했다. 그래서 이제는 내가 도와주지 않는 것이 그녀를 도와주는 것이라고 생각했다. 그녀는 이런 나를 아마 모질다고 했을 것이다. 며칠 후, 또다시 전화가 걸려왔다. 하루에 한 번 이상 전화하는 A가 며칠 만에 전화를 한 것이다.

"선배님, 초과근무 계산하는데요. 우리 직원들 초과근무도 좀 계산해 주시면 안 돼요?"

나는 너무 황당했다. 그래서 이렇게 말했다.

"네가 하면 되잖아. 그걸 왜 나한테 해달라고 하니? 나도 우리 직원들 것도 하기 바빠!"

그러자 그녀는 말도 안 되는 대답을 했다.

"저는 잘 모르니까요. 선배님이 좀 해주시면 좋겠어요!"

나는 그녀의 말을 듣자마자, 화가 머리끝까지 치밀었다.

"야! 넌 대체 뭐하는 애야? 대체 뭐 하기에 네가 해야 할 일을 스스로 해보지도 않고 남에게 해달라고 하는 거야. 잘 들어! 매뉴얼에 보면 분명히 있지? 어떻게 계산하는 건지. 있지? 그걸로 공부해서 너 스스로 해. 그래도 모르겠으면 그때 나한테 물어봐!"

나는 이렇게 말하고, 전화를 끊었다. 평소 그녀는 나를 잘 따르고 나 또한 아끼는 후배다. 화부터 내서 미안했지만, 그녀의 태도는 앞으로 사회생활을 위해 반드시 고쳐야 한다. 그래서 바로잡아주기 위해 방법을 알려주었다. 사실 내가 가지고 있는 것을 보여주고, 그대로 하라고 할 수 있다. 그러나 나의 12년 경찰생활 노하우를 그녀는 아무런 노력도 없이 가져가려고 하는 것이 못마땅했다. 시간이 좀 흐른 뒤, 그녀는 다시 전화를 했다. 그녀는 조심스레 나에게 물었다.

"선배님, 죄송한데요. 저는 이렇게 했는데요. 이상하게 답이 다르게 나오네요. 왜 그럴까요?"

그녀는 그래도 내가 알려준 방법대로 계산을 해 본 것 같았다.

"잠깐만, 나도 좀 보고. 어디 보자. 아. 여기 보면, 이렇게 하라고 되어 있지? 근데 아마도 이렇게 하지 않고 계산을 잘못한 거 같은데? 자세히 봐봐! 맞지?"

"우와. 선배님. 진짜 그러네요. 와 신기해라. 어떻게 이렇게 될 수 있죠? 정말 고맙습니다. 다시는 똑같은 걸로 물어보지 않을게요. 근데 저 솔직히 너무 속상했어요."

그녀는 계산이 맞아떨어지자 기쁜 마음으로 나에게 고마워했다. 그러나 한편으로는 속상했었나 보다.

"뭐가? 뭐가 속상한데?"

"선배님은 이렇게 잘하는데, 저는 아무것도 모르잖아요. 제가 너무 바보인 것 같아요! 언제쯤 선배님처럼 잘할 수 있을까요?"

나는 그녀의 말을 듣고, 어이가 없었다. 고작 12개월도 안 되는 초보 경찰이 감히 12년 경력의 나에게 업무적으로 동등한 실력을 갖추고자 한다는 것이 어이가 없었다.

"야! 너는 진짜 너무 날로 먹으려고 하는 거 아니니? 너 얼마나 됐어? 고작 12개월도 지나지 않았어. 나는 12년 동안 어렵게 쌓아놓은 것들이야. 그런데 12개월도 안 된 네가 똑같이 일을 잘하고 싶다는 것은 너무하다고 생각하지 않니? 또 일만 잘하면 뭐하니? 인간관계도, 리더십도 모두 경험이 중요한 거야. 아직 경험이 부족해서 당연히 모르는 일을 너는 너무 쉽게 얻으려고 하는구나. 일을 능숙하게 하고 싶으면 공부를 해. 업무에 관련된 공부도 하고, 매뉴얼도 공부를 하란 말이야. 앉아서 차려준 밥상만 받아먹으려 하지 말고. 이제는 그 밥상을 차려주는 사람도 없을 거야. 알았어?"

그녀에게 따끔한 충고를 해주자, 그녀는 한동안 말을 꺼내지 못했다. 그리고 한참 후에 나에게 메시지를 보냈다.

"선배님, 죄송해요. 제가 너무 건방졌던 것 같아요. 사실 저는 선배님의 오랜 경험과 업무에 대한 노하우가 그냥 세월이 가면 생기는 것인 줄 착각했나 봐요. 선배님 말씀 듣고 생각해 보니, 제가 너무 나태한 것 같아요. 죄송해요. 이제는 저도 조금씩 제 업무에 프로가 되기 위해 열심히 배우고, 노력하겠습니다."

사람들은 성공을 한 사람들을 보면 그들의 노력에는 관심을 갖지 않고 배경이 좋거나 운이 좋은 사람이라고 생각한다. 하지만 성공한 사람들은 그렇지 않다. 분명 그 자리에 오기까지 충분한 대가를 치르고, 노력해서 얻었다는 것을 알아야 한다.

나는 12년간 경찰 생활을 하면서, 이 세상에서 쉽게 얻어지는 것은 전혀 없다고 느낄 때가 많았다. '세상에 공짜는 없다'라는 말은 만고의 진리이다. 나의 업무에 프로가 되기 위해 많은 시간과 열정을 쏟았다. 어렵게 이루어낸 노하우들을 아무 대가 없이 가져가려는 사람들에게는 쉽게 정보를 알려주지 않는다. 적어도 노력은 해보라고 충고를 하며, 어떻게 해야하는지 방법을 알려줄 뿐이다. 스스로 노력하지 않으면, 더 이상의 발전은 기대하지 말아야 한다.

매너리즘도 중독이다

사랑도 그렇듯이 일에도 권태기가 있다. 처음에는 무척 애틋하고 설레지만, 시간이 지날수록 그 사랑의 감정은 퇴색하기 마련이다. 반복되는 일상과 반복되는 업무는 삶을 재미없게 만들어 버린다. 남들은 "먹고 살기 바쁜데, 언제 그런 걸 느끼겠어?"라고 하지만, 직장생활을 어느 정도 하다 보면 나도 모르게 타성에 젖게 된다. 다른 직업과 마찬가지로 경찰관이라는 직업 역시 매너리즘에 빠지는 시기가 있다.

신임 순경에게는 지루할 틈이 없다. 그토록 고생해서 찾은 직장이니만큼 모든 업무가 재미있고 색다르게 느껴진다. 이들은 모든 업무를 자기 일인 것처럼 생각하고, 항상 제일 먼저 나서서 업무를 처리한다. 불의를 보고 참지 못하는 경우가 가장 많은 시점이 바로 이때이다.

그래서인지 이들에게는 항상 에너지가 넘친다.

"김 순경! 걸레 좀 가지고 와! 여기 좀 닦아야겠어!"

"네! 알겠습니다! 걱정 마세요!

허드렛일을 시켜도 늘 콧노래를 부르며 한다. 그들은 항상 일이 즐겁고, 일을 할 수 있는 것에 감사한다. 일에 대한 전문성은 떨어지지만, 배우려는 자세가 충만할 때이다. 근무 중에 누군가 시비를 걸거나 법 집행을 방해라도 하면, 욱하는 성격에 큰소리를 치는 경우가 많을 때도 이때다. 아직 '물불 못 가리는 때'라고 말하는 시기이다.

그런데 임용된 지 3년이 지나면, 조금씩 불평이 늘어나기 시작한다. 물론 신임 순경 때의 에너지는 그래도 남아있다. 하지만 3년 동안 근무를 하면서 자신의 존재를 다시 생각하게 된다. 그러면서 서서히 자기 일 이외에는 신경 쓰지 않으려고 한다. 그리고 초임 때를 생각하지 못하고, 경찰 직업에 대한 회의를 가끔 느끼기도 한다.

"김 경장! 여기 좀 청소하게 빗자루 좀 가지고 올래?"

묵묵부답이다. 못 들었는지, 못 들은 척하는 것인지 알 수 없다.

"김 경장! 빗자루 좀 가지고 오라고! 안 들리나?"

"아. 네! 잠깐만요! 이것 좀 하고요!"

자신의 업무가 아닌 허드렛일을 도와달라 하면, 일부러 못 들은 척하면서, 행동이 느려진다. 그리고 서서히 눈치를 보기 시작한다. 다른 신임 순경이 해주기를 바라면서, 또는 '그 일은 제 일이 아니에요!'라고 말하고 싶은 표정이다. 그래도 업무에 대한 에너지는 신임경찰 때와 크게 다르지 않다. 그러나 이런 에너지는 5년이 지나면서 서서히 잠들기 시작한다. 일에 대한 손익을 먼저 계산하게 되며, 일이 많아지면 불평부터 늘어놓는다. 업무에 대한 지식도 많아지고, 자신의 업무에 프로 의식을 가지게 되는 시기도 이때이다. 반면에 다른 사람이 하는 일에 대해 시시비비를 가리려고 든다. 자신이 이제 좀 뭘 안다고 생각하기 때문이다.

"김 경장! 이 일은 우리가 해야 될 거 같은데?"

"팀장님! 제 생각에는 이 일은 관련 부서에서 하는 게 맞을 것 같습니다. 저희 업무가 아닙니다."

무슨 일이든지 앞장서 했던, 이전 모습과는 많이 다르다. 그리고 허드렛일 같은 것은 자신이 할 일이 아니라고 생각한다. 반면에 경찰 업무에 대해서는 정확한 지식과 규정을 터득하고 있어 규정에 맞는 업무는 게을리하지 않는다.

경찰 경력 7년이 되면, 지금 하고 있는 일이 재미 없어지고 똑같이 반복되는 일상이 지겨워진다. 그래서 다른 부서의 일에 도전하기도 하며, 일 외에 다른 활동에 눈을 돌려 삶의 변화를 주려고 노력한다. 이때에는 일에 자신이 붙기 때문에, 어떤 일이든지 주면 능숙하게 처리한다. 그에 반해 일에 대한 보람이나 성취감은 크게 느끼지 못한다.

직장생활을 한 지 10년이 지나면, 인생의 주기가 있어 안정기에 접어든다. 10년이라는 세월 동안 결혼도 하고, 부모가 되며, 한집안의 가장이 되는 시기이다. 가정이나 직장에서도 안정되길 바라는 시점이다. 직업에 대한 소명의식보다는 생계를 위한 수단으로만 생각하게 된다. 또한 새로운 일에 대한 두려움이 앞서게 되며, 늘 익숙했던 일을 선호하게 된다. 특정 업무에 대해 베테랑이 되었지만, 한편 지루하기도 할 때다. 그들은 하나같이 "처자식이 무서운 존재야!"라고 말하며, 마지못해 일하는 것처럼 보인다. 반면에 후배 직원들의 업무를 잘 챙겨주고, 자기만의 노하우를 너그러이 전수해 주기도 한다. 일에 대한 특별한 욕심도 없으며, 뭐든 좋은 게 좋은 거라고 생각한다. 일부 직원들은 승진시험을 위해 공부에 매진하기도 한다.

이렇게 20년 이상 근무하게 되면, 모든 것을 초월하게 된다. 불평 같은 것은 찾아볼 수 없다. 이 정도의 경력이면, 거의 대부분이 한 팀의 '장'이 되어 리더십을 발휘기도 한다. 직원들을 통솔하며, 일을 지시하는 입장으로 바뀌게 된다. 이전에 부당한 업무에 대해 불평을 늘어놓았던 직원들도 이 자리에 오게 되면, 오히려 그런 직원들을 달래고 살펴주는 것이 주된 업무이다. 그러나 일에 대한 에너지는 그리 많지 않다. 새로운 일을 배우거나, 환경의 변화를 많이 두려워한다. 그래서 이때부터는 아무 사고 없이 정년까지 지내기를 바랄 뿐이다. 일에 대한 즐거움이 없으며, 매너리즘에 빠지기 쉬운 때이다. 매너리즘에서 빠져나오는 것은 쉽지 않은 일이다. 매너리즘에서 벗어나기 위해서는 새로운 일에 도전하는 것이 필요하다.

나 역시 이러한 과정을 겪게 될 것이다. 처음에는 모든 것이 새로 웠고, 60세가 될 때까지 초심을 잃지 않으리라 다짐해 보지만, 나도 일과 가정에 지쳐가고 있다. 조금씩 하기 싫은 일이 생겼고, 부당하게 지시하는 상사가 못마땅하기 시작했다. 하기 싫었지만 내가 선택한 일이기에 어쩔 수 없이 하게 되고, 업무에 익숙해 지니 새로운 것을 찾을 수 없고, 활기를 느낄 수 없었다. 같은 일상과 같은 업무가 지루 했다. 그 시기가 되면 어떤 일을 해야 하는지, 어떤 업무를 줄지 미리 알 수 있을 정도이며, 내 일에 관해서 이렇다저렇다 딴죽을 거는 사람 도 없다. 평범한 일상이었다. 그러면서도 늘 "일 잘한다."는 말을 들었 고, 나에게 업무에 관해 자문을 얻어 가기도 했다. 그럴수록, 매너리즘 에 점점 빠져들고 있던 나를 발견하게 되었다. 새로운 일을 주면, "아! 그냥 하던 대로 하지!"라는 말이 먼저 나왔고, 내가 군이 하지 않아도 되는 이유를 찾기 시작했다. 다른 사람의 일을 도와줄 때도 대가를 바 랐고, 생색을 내기도 하였다. 나만이 아는 전문지식을 어느 누구에게 쉽게 알려주지 않았다. 내가 그동안 힘들게 얻었던 것을 그냥 주고 싶 지는 않다. 앞으로 남은 26년이라는 경찰 생활 동안 이런 마음과 생 각으로 지낼까 두려웠다. 새로운 변화를 두려워하고, 현재 생활에 안 주하며 사는 것이 날 더 힘들게 만들었다. 타성에 젖는다는 것이 마약

보다 더 나쁜 독이라는 것을 새삼 느꼈다.

    보통 직장인들도 이런 과정을 겪는다. 처음 입사했을 때의 초심을 지키지 못한다. 직장인들의 일주일을 떠올려보면, 지친 모습으로 금요일 밤을 기약하며 살아간다. 금요일이 되면, 이틀간의 휴일을 앞두고 활기찬 모습을 띤다. 그리고 일요일이 되면, 다시 한 주가 시작되는 것을 두려워한다. 그들이 처음부터 이런 것은 아니었다. 처음에는 항상 월요일이 기다려지고, 모든 일에 흥미를 느꼈을 것이다. 하지만 점점 매너리즘에 빠져 그날이 그날 같고 주말만을 기다리는 낙으로 살아가고 있다. 다른 무엇인가에 활기를 찾고 싶지만, 이미 빠져버린 매너리즘에서 나오는 것은 쉽지가 않다.

    15년 차 직장인 A씨는 입버릇처럼 늘 이렇게 말한다.

    "이틀의 주말을 기다리며 5일을 노예처럼 산다. 그냥 이렇게 사는 것이 이제는 편하고, 이 생활에 이미 중독되었다."

    직장생활에서 매너리즘을 어떻게 극복하는지에 따라 인생의 성패가 좌우될 수 있다.

존재감은 나 스스로 만드는 것이다

일하면서, 아이들을 잘 키우고, 집안 살림을 잘하는 것이 나의 목표였다. 직장에서는 어느 정도 인정을 받으면 되었고, 가정에서도 아이들에게 부끄럽지 않은 엄마가 되면 내 인생은 축복받은 것으로 생각했다. 나를 위해 투자하는 시간은 사치고, 대부분의 사람들도 이렇게 살아갈 것으로 믿었다. 똑같은 일상과 반복되는 일 때문에 매너리즘에 빠져 있었지만, 내 일에 대해서만큼은 자신 있는 사람이라고 믿었다. 하지만 이런 생각이 나를 더 가두고 있다는 사실을 미처 깨닫지 못했다.

어린이집 교사인 그녀는 서른여섯 살이고 언제나 활기차다. 그녀 역시 나처럼 워킹맘이다. 그녀는 일이 끝나면 자기만의 생활을 한다. 친구들과 함께 여가생활도 하고, 운동도 하러 다닌다. 주말에는 지인들과 함께 등산을 가며 취미생활을 위해 시간을 비워둔다. 육아와 가사를 위한 시간을 줄이고 자기계발을 위해 투자한다. 그래서인지 그녀는 늘 활력 있고 에너지가 넘친다.

"상미 씨! 상미 씨도 같이 가자. 배드민턴 같이 배우는 게 어때?"

"휴! 아직 애들이 어려서 나는 그렇게 할 수 있는 여유가 없어요."

"애들 데리고 와! 그러면 되지. 나도 그러는데. 만날 일만 하고 아이들만 챙기면, 자기 시간은 언제 갖겠어!"

"근데 나는 그렇게 못하겠는데. 하루 종일 애들도 피곤할 텐데 거기 또 데리고 갈 수 없어요!"

나는 그녀의 말을 처음에는 이해할 수 없었다. '어떻게 자기만을 위해 아이들을 희생시킬 수 있을까?'라는 생각을 했다. 그때까지만 해도 나는 아이들에게 좋은 엄마가 되는 것이 무엇보다 중요했다.

서른아홉 살인 그는 경찰관이다. 서른일곱 살이 되던 해까지, 특별한 취미도, 특기도 없었다. 그냥 처자식을 위해 일을 하는 것이 자신의 임무라고 생각했다. 그리고 그게 행복이라고 여겼다. 그런데 그는 서른일곱 중반이 되면서부터 자신을 위해 시간을 투자하기로 했다. 37년을 살면서 자신을 위한 어떤 것도 해보지 못한 것을 후회했다. 그리고 그는 마침내 마라톤 출전이라는 새로운 도전을 시작했다. 꾸준하게 마라톤 연습을 했고, 기초체력을 기르기 위해 근력 운동도 틈틈이 했다. 결혼하면서부터 늘기 시작했던 체중은 그 운동 덕에 줄었다. 점점 달라지는 자신의 몸을 보고 뿌듯해하며 더 열심히 노력했다. 마라톤은 보통 사람이 하기 힘든 스포츠라는 것을 알기에 더 몰입했다. 그는 또한 자신의 업무와 육아, 가사도 게을리하지 않았다. 주위에서는 달라진 그의 모습을 보고, '쟤, 왜 저러는 거야? 사람이 바뀌면 일찍 죽는다는데 어디 아프나?' 하며, 이상하게 생각하기도 했다. 그러던 그는 각고의 노력 끝에 마라톤 풀코스를 4회, 하프코스 1회를 완주하였다. 미쳐야만 할 수 있다는 산악 마라톤도 완주하였으며, 철인 3종 경기도 완주하였다. 그는 이 운동을 통해 자신감이 더 생겼고, 서서히 그의 존재감도 사람들에게 알려졌다. 이제 그를 보는 주변 사람들은 이렇게 말한다.

"우와 대단한데? 어떻게 그렇게 할 생각을 다 했어? 정말 대단하다. 너한테 이런 면이 있는 줄 몰랐어."

나는 그를 보고 많은 자극을 받았다. 그가 바로 남편이다. 남편은 내가 봐도 멋지게 자신을 위해 투자하고 있다. 직장에서는 능력있는 사람으로, 집에서는 다정한 아빠와 남편으로 지내는 모습만 봐왔다. 남편이 어느 한 분야에서 프로가 되었다는 것에 감동받았다. 어린 나이도 아니었고 엄청난 체력을 요구하는 운동이었지만, 그는 연습하고 또 연습했다. 일을 하고 남는 시간을 투자해서 자기계발에 힘써왔다.

자신의 일을 충실히 하면서, 자기계발을 위해 노력하는 사람들이 얼마나 많은지 이제서야 알았다. 그들은 나와 비슷한 환경과 조건 속에서도, 시간을 쪼개어 자기발전에 투자하였다.

"나 경사! 오늘 저녁에 회식 있는데 같이 가지?"
"아, 전 저녁에 애들을 데리고 있어야 해서 안 되겠는데요."

"언니! 주말에 우리 산에 가는 게 어때?"
"응? 난 주말에 신랑이 근무라 애들 봐야 하는데?"

"상미야! 우리 배드민턴 배우러 다니자!"
"언니, 난 저녁에 그럴 시간이 없어. 애들을 맡길 곳이 없잖아!"

"나 경사! 이번 인사 때, 우리 부서에서 근무해보는 게 어때?"
"아! 과장님, 저는 아이들이 어려서 당직도 못 하고, 안 될 것 같은데요?"

나는 늘 이런 식으로 나를 위한 시간 투자를 스스로 거부해왔다. 능력을 인정받아 더 좋은 부서에서 근무할 기회가 생겨도 옮길 수가 없었다. 그리고 직원들 간의 회식모임에 참석하거나, 여가생활을 위해 시간을 투자해볼 생각도 못 했다. 과감하게 자신을 위해 시간과 에너지를 투자했어야 했는데, 나는 시도조차 하지 않았다.

주위에서는 나를 일 잘하는 직원이라 생각했지만, 나는 그것으로 만족할 수 없었다. 드러나지 않게 직원들을 위해서 애썼지만, 직원들은 금세 그 사실을 잊어버렸다. 그러던 중, 직원들과 '사는 것'에 관해 대화를 나눈 적이 있었다.

"밥 세끼 먹고 사는 게 왜 이렇게 힘들까?"

올해 쉰 살의 간부급 상사가 세월을 한탄하며 말을 꺼내기 시작했다.

"그러게요. 사는 게 호락호락하지 않아요. 앞만 보고 일했는데 정작 내가 얻은 것은 없어요. 아! 처자식이 있네요! 허허허."

상사의 한탄 끝에 올해 마흔 살인 동료 직원이 거들었다.

"진짜, 산다는 것이 이런 건가 봐. 사람이 태어나서 자기 이름을 널리 떨쳐보는 것도 큰 낙일 텐데, 우리는 지금 월급날만 바라보고, 쉬는 날만 바라보는 게 낙이 되었으니! 난, 뭐 하고 살았는지 모르겠어! 젊은 사람들은 지금부터 후회하지 않게 도전도 하고, 노력도 해봐! 후회하지 않게!"

"경찰관이라는 직업이 먹고 살만하니까, 현실에 안주하는 것 같아. 그래서 더 발전이 없는 건지도 모르지. 그런데 젊었을 때 못해본 게 너무 많아 후회되네! 현직에 있을 때, 무언가에 도전하는 것이 좋은 방법이야!"

정년을 앞둔 동료 직원이 자신의 경찰 인생을 돌아보며, 우리에게 충고를 해주셨다.

순간 나는 자신을 돌이켜 보았다. 나도 저 정도의 나이가 되었을 때, 한숨을 쉬며 젊은 직원들에게 충고나 하고 있지 않을까 염려됐다. 나도 예외일 수 없을 테니 말이다. 나를 찾고 싶었다. 어떤 것에 도전해야 할지 몰랐지만, 지금처럼 편안함에 길들어 살고 싶지 않았다. '되는 대로 살고, 사는 대로 되겠지!'라는 생각으로 살았던 자신이 갑자기 창피해졌다. 그래서 처음에 경찰이 되고자 했던 마음과 경찰에 임용되어 느꼈던 설렘을 다시 한 번 꺼내서 보았다. 아직도 가슴이 뛰고 있었다. 이제라도 늦지 않았다. 다른 사람들이 "네 삶은 이 정도면 성공한 삶이야."라고 말해주었지만, 나는 더 날아오르고 싶었다.

우리는 "세월아! 넌 왜 이렇게 빨리 가니!"라며 구시렁거린다. 우리 모두에게 공평하게 주어지는 것이 시간이다. 부자든 가난한 사람이든, 남자든 여자든 하루는 24시간 똑같다. 누구에게나 똑같은 시간을 어떻게 활용하느냐가 인생의 성패를 좌우한다. 나는 이제 시간을 허비하고 싶지 않았다. 의미 없게 시간을 보내고 싶지 않고, 나이든 후에 새로운 것을 찾아 도전해보지 못한 것을 후회하고 싶지도 않았다. 그래서 나의 존재감을 알리기 위한 방법이 무엇인지 고민했다. 마침 업무적으로 널리 인정받고 이름을 알릴 수 있는 기회가 있었다. 그것은 나의 존재감을 각인시키는 첫 번째 기회였다.

영광의 특진, 나를 알리다

나를 알리고 싶었다. '나'라는 사람도 다른 사람들이 보았을 때, "우와"라는 감탄사가 나올만한 존재라는 것을 보여주고 싶었다. 보통 사람들처럼 이틀의 주말을 위해 5일을 일에 파묻혀 지내는 평범한 사람이지만, 나같이 평범한 사람도 가능하다는 것을 보여주고 싶었다. 2012년 뜻깊은 무엇인가를 이루리라 다짐했다.

2012년 11월 경무과로부터 '특별승진 심사'라는 공문을 받았다. 일년에 두 번 정도 있는 특별승진 심사는 때가 되면 어김없이 시행 공문이 내려왔다. 그런 공문을 받을 때마다 그다지 신경 쓰지 않았다. 나와 무관하다고 생각했다. 특별승진이라는 것은 사회적으로 물의를 일으킨 중요범인을 검거하거나, 세상의 이목이 집중될만한 행동을 한 사람에게만 주어지는 그야말로 특별한 것이었다. 몇 년 전부터 하달된 그런 공문을 아무 생각 없이 무시했다.

"휴! 이런 건 우리랑 상관도 없는데 그냥 보내지 않으면 안 되나? 어차피 누구도 지원하지도 않을 건데 다 보내는 것도 일이네."

그냥 형식적인 공문이라 생각하며, 무시하는 게 버릇이 되었다. 그런데 그날은 특별승진 공문이 하달되자, 경무과에서 전화가 걸려왔다. 전화의 내용은 "각 서에서 계급별 특진 대상자를 한 명씩 선발해야 한다."였다. 대부분 시골 경찰서 직원들은 특별승진을 자신들과 거리가 먼 얘기라고 생각했다. 그래서 지원하는 것을 아예 포기했다. 이런 상황을 알고 지방청에서는 여러 특진심사대상자가 많기를 바라서, 경찰서별로 한 명씩 지원해줄 것을 원했다. 갑작스러운 요구에 우리 지구대에서도 발등에 불이 떨어졌다. 내가 일하는 지구대의 대장님은 나에게 경사특진대상자에 지원하라고 했다. 그 당시 경장이라는 계급을 가지고 있었던 사람은 나뿐이었다.

"어우! 귀찮은데 그걸 해야 하나? 어차피 안 될 거 뻔한 건데. 안 하면 안 되나? 서류 만들려면, 시간이 꽤 걸릴 텐데. 솔직히 너무 귀찮다."

몇 명 선발하지도 않는 심사에 괜히 들러리 서기 싫었다. 하지만 지구대장님은 나에게 "꼭 될 수 있다."며 용기를 주셨다. 그래서 더 이상 거절을 할 수 없어 특별승진 지원을 했다. 내가 3년 동안 계획했고 시행했던 시책들과 여러 행사 실적들에 관한 자료를 모았다. 그리고 평소 사무실 직원들에게 필요하다고 생각해 만든 업무 매뉴얼을 특별 승진 주요 공적으로 넣었다. 여러 기획서, 매뉴얼 등을 종합하여 서류를 작성했다. 퇴근도 제시간에 못하고 서류 만들기에 여념이 없었다. 그러면서도 쓸데없는 데에 힘쓰는 것 아닌지 의구심이 들었다.

"내가 무슨 부귀영화를 누리겠다고, 이 짓을 하는지 모르겠네. 될지 안 될지도 모르는 일에 이렇게 에너지를 쏟고 있으니 말이야." 하며 구시렁댔다.

그래도 어차피 하는 일이니 잘 되었으면 하는 마음으로 서류를 작성했다. 그리고 깔끔하게 공적서류를 정리해서 편철했다. 그렇게 특진서류는 지방청으로 보내졌고 며칠 후, 경무과에서 연락이 왔다. 특별승진 면접이 있다는 소식이었다. 나는 또 한 번, 특별승진심사에 지원한 것을 후회했다.

"아니, 무슨 면접? 면접도 보는 거야? 아침에 일찍 가야 하면, 애들은 어디다 맡겨야 하나? 진짜 괜히 지원을 해가지고 왜 이렇게 마음고생을 하는 건지. 가서 또 무슨 말을 어떻게 해야 하는 거지?"

떨리고 걱정이 된 마음을 반대로 표현하고 있었다. 후회스러운 마음이 전혀 없었던 것은 아니었다. 한두 명의 인원도 아니고 20명이 넘는 사람들이 경쟁을 해서 소수만 선발되는 것이기에 가능성이 없어 보였다.

평소에 제복만 입고 근무를 하다 보니, 마땅히 면접 때 입고 갈 정장이 없어 부랴부랴 옷을 사 입었다. 그 옷을 사면서도, 썩 내키지는 않았다. 괜히 지원해서 쓸데없는 돈을 쓴다며 또 중얼거렸다.

면접을 위해 연습을 하였다. 자기소개를 먼저하고, 공적에 대해 상세히 얘기하는 방식이었다. 그리고 면접관들의 질문에 답을 하고, 마지막으로 내가 하고 싶은 말을 하는 순서였다. 모든 답변을 10분 만에 끝내야 했다. 예전부터 특별승진을 위해 준비하고 있었던 것이 아닌지라, 연습할 시간이 별로 없었다. 원해서 지원한 것은 아니었지만, 그래도 이왕 하는 거 잘해야겠다는 다짐을 했다. 출퇴근 중에 차 안에서, 업무상 경찰서를 왕복하는 차 안에서 계속 중얼거렸다. 막상 면접장에서 떨지 않기 위해 순서를 외우고, 할 얘기들을 정리해서 외우기를 반복했다. 걱정이 되기도 했지만, 계속 연습하면서 '꼭 되었으면 좋겠다.'하는 바람도 생겼다. 그렇게 특별승진의 면접 준비를 끝냈다.

면접 당일, 아침 일찍 남편에게 아이들을 맡기고 춘천으로 향했다. 춘천으로 가는 차 안에서 큰소리로 면접연습을 했다. 긴장을 풀기 위해 심호흡을 몇 번이고 했다. 마침내 면접장에 도착했고, 의자에 앉아 대기했다. 면접 순서는 두 번째였다. 차라리 빨리하는 것이 나을 거라며 위로했다. 첫 번째 지원자가 들어갔고, 10분 정도의 시간이 흐른 뒤 나왔다. 그리고 내 차례가 되었다. 나는 자신 있게 걸어 들어가 자기소개를 한 후 자리에 앉았다. 이상하게 떨리는 마음이 가라앉으며 차분해졌다. 면접을 보는 자리가 이렇게 편할 수도 있다니, 그 당시 면접관들의 표정이 지금도 생생하게 기억이 날 정도였다. 면접관들 앞에서 똑 부러지고 야무지게 공적을 얘기했고, 면접관들의 질문에도 떨지 않고 대답했다. 웃음을 보일 정도로 여유를 갖자 분위기가 한층 좋아졌다. 그리고 마침내 하고 싶은 말을 하는 차례가 되었고, 조심스럽고 당당하게 말을 이어갔다.

"저는 12년 전 전남 목포에서 강원도까지 먹고살기 위해 건너왔습니다. 처음부터 경찰관이 꿈은 아니었지만, 언젠가부터 간절한 꿈이 되어버렸습니다. 아무 연고도 없는 곳에서 남편을 만났고, 지금은 두 아이의 엄마로 그리고 한 남자의 아내로 살고 있습니다. 아이를 낳고 기르면서 직장 생활과 육아를 병행한다는 것이 상상했던 것보다 훨씬 힘들었습니다. 그렇지만 저는 제 일에 베테랑이 되었습니다. 어느 누가 뭐라 해도 제 일에 자신 있습니다. 저는 특별승진의 대상자가 될 자격이 충분하다고 생각합니다. 얼마 전 TV에서 어떤 강사가 이런 말을 하더군요. "여자는 세 개의 산을 넘어야 비로소 성취감을 느낄 수 있다."라고 했습니다. 첫 번째 산은 결혼이고, 두 번째 산은 출산이며, 세 번째 산은 가사와 육아라고 합니다. 저는 이제 그 세 개의 산을 모두 넘었습니다. 이제 남은 것은 성취감입니다. 이번 특별승진의 결과가 저에게 성취감을 안겨줄 수 있을지 궁금합니다. 저는 꼭 그 성취감을 느낄 것이라고 확신합니다."

나를 보고 있던 면접관들의 표정에서 좋은 느낌을 받았다. 그렇게 멋지게 답변하리라 생각 못 했었다. 면접까지 모두 끝나고 며칠 후, 특별승진심사 결과를 발표하는 날이 되었다. 발표가 지연되어 퇴근 전까지도 발표 소식은 없었다. 집으로 돌아와 저녁 준비를 하고 있던 중, 남편으로부터 전화가 왔다. 합격소식이었다.

"나상미! 됐다. 됐어! 대단해! 정말 잘 됐어! 고생했어!"

자기 일처럼 기뻐하는 남편의 전화를 받고 나는 기쁨의 눈물을 흘렸다. 내 업무에 대해 다른 사람들로부터 공식적으로 인정을 받았다는 것이 나를 더 흥분시켰다. 12년의 경찰 생활 중 가장 기쁘고, 뜻깊었던 그 날. 특별승진으로 내 이름 석 자를 알린 그 날을 아직도 잊지 못한다.

기회는 생각보다 가까이 있다

사람들은 기회에 관해 이렇게 말한다.

"나에게는 기회가 오지 않아. 기회는 아무에게나 오지 않나 봐! 다 팔자는 정해져 있는 거야!"

나 역시 그렇게 생각했다. 그래서 나는 그냥 평범한 사람이고, 특별한 사람들에게만 기회가 있는 것으로 생각했다.

생애 첫 큰 무대에 서다

특별승진 합격 후, 나는 자신감이 몇 배로 커졌다. 아직 승진 임용식을 하지 않았지만, 사람들의 축하와 찬사는 내 어깨를 으쓱하게 하였다. 그만큼 경찰이라는 조직에서 특별승진이라는 기회는 흔치 않은 것이었다. 승진 임용식을 며칠 앞둔 어느 날, 나를 찾는 전화가 걸려왔다. 그분은 내가 특별승진 면접 때 진행을 맡으셨던 인사 주임님이셨다. 면접 날 처음 뵈었고, 말 한 마디 나눈 적도 없었다.

"나 경장님! 저는 인사계 ○○○입니다. 저 기억하죠? 잘 지냈어요?"

그는 나를 평소에 잘 알고 지냈던 사이인 것처럼 안부를 물었다.

"아. 네! 주임님. 알다마다요. 그런데 어쩐 일이세요? 승진 임용식 계획은 경무과 통해서 들었습니다. 일일이 전화하시는 거예요?"

"아니에요. 확인 차원에서 전화한 것이 아니고, 나 경장한테 부탁할 게 있어서 했어요."

부탁이라는 소리에 귀가 쫑긋했다. 인사 주임님 정도의 직책을 가지신 분이 나처럼 까마득한 후배에게 무슨 부탁을 하실 것인지 궁금했다.

"네, 말씀하세요! 제가 할 수 있는 것은 다 해드리겠습니다."

"아, 승진 임용식 때, 승진자 대표로 연단에서 소감 발표를 해 주었으면 해요. 저번 면접 때 보니까 말도 잘하고, 위트도 있던데. 어려운 부탁인데 가능하겠죠?"

순간 나는 머릿속이 복잡해졌다. 잘할 수 있을까 하는 두려움 때문이었다. 하지만 승진대상자 중, 나를 선택했다는 것에 기쁜 마음으로 흔쾌히 승낙했다.

"네, 알겠습니다. 그런데 어디에서 하나요? 회의실에서 하나요?"

"아니요. 지방청 대강당에서 합니다. 승진 임용식을 아주 크게 할 거예요. 이것저것 행사도 많이 계획하고 있어요."

대강당이라는 말에 또 한 번 걱정됐다. 지방청 대강당은 몇백 명을 수용할 수 있는 넓은 장소여서 '그렇게 큰 무대에 설 수 있을까?'라는 두려움이 또 나를 엄습했다. 그러나 나는 이미 승낙했고, 많은 사람 앞에서 연설을 해야 한다. 또다시 연습을 시작했다. 몇 백 명이 앉아 있는 큰 강당의 무대 위에서 소감 발표를 하는 내 모습을 상상했다. 뭔가 희열이 느껴지면서도 걱정이 되었다. 면접 때와 마찬가지로 소감문을 작성해서 무조건 외웠다. 그리고 부자연스럽지 않게 여러 가지 제스처 연습도 했다. 이왕 하는 거, "참 잘했다."라는 말을 듣고 싶었다. 나의 존재감을 공식적으로 알릴 수 있는 기회가 또 온 것이다.

승진 임용식 날, 승진을 축하해주기 위해 남편도 함께 동행했다. 내가 소감 발표를 한다고 하자, 떨지 말고 잘하라며 격려해 주었다. 행사장에 도착한 우리는 자리에 앉았다. 대강당의 위엄이 온몸에 전해졌다. 행사가 시작되자, 지방청장님 이하 각 과장님들과 동료직원들, 그리고 승진 임용대상자와 그 가족들이 강당을 가득 메웠다. 가슴이 두근두근 떨려, 연습했던 것들이 하나도 떠오르지 않았다. 내 차례가 되었고 나는 무대 위로 올라갔다. 눈앞이 깜깜해지며, 아무것도 보이지 않았다. 머릿속은 하얗게 백지장이 되어버렸다. 나는 곧 정신을 차리고 서서히 소감을 발표했다. 이상하게도 입을 열자 긴장감은 어디론가 사라지고, 표정도 밝아지며 여유가 생겼다.

"부족한 저를 이런 영광스러운 자리에 서게 해주셔서 감사합니다. 특별승진 결과가 발표된 날, 저는 기쁨의 눈물을 흘렸습니다. 제 일에 대해서는 프로라고 자부했지만, 대외적으로 그만큼 인정을 받지 못하는 것 같아 낙담을 많이 했었습니다. 그런데 저에게 이렇게 성취감을 느끼게 해주셔서 정말 감사드립니다. 이 영광의 기쁨을 항상 간직하여 저 자신이 흐트러질 때면 다시 꺼내어 바로잡겠습니다."

경찰 채용 홍보원정대

승진 임용식 이후, 나의 생활은 활기가 넘쳤다. 12년간의 경찰생활로 찾아온 매너리즘은 그 이후 차차 사라졌다. 일하는 것이 즐거웠고, 늘 자신 있었다. 다른 사람들은 나에게 "대단하다. 훌륭하다."라고 자주 말했다. 그러던 중, '경찰 채용 홍보원정대' 모집 공고가 경찰 내부망 게시판에 게재되었다. 기존에 없었던, 우수한 인재를 선발하기 위해 시작되는 새로운 시책이었다. 문득 그 공고문을 보는 순간, 나도 해야겠다는 생각이 들었다. 중·고등학생과 대학생, 그리고 취업준비를 하는 수험생들을 대상으로 경찰 채용 홍보 설명회를 해야 하는 것으로, 강의 경력이나 관련 자격증을 소지하고 있는 사람을 우선 선발했다. 하지만 나에게는 관련 자격증도 경력도 없었다. 오직 하고 싶다는 열정과 자신감 하나뿐이었다. 해보고 싶은 것은 해봐야 직성이 풀리는 나는 조심스레 문을 두드렸다. 공고문 아래 댓글난에 "반드시 자격증이 있어야 하나요?"라고 썼다. 애석하게도 댓글에 대한 답은 없었다. 그러나 그 다음 날 한 통의 전화가 걸려왔다.

"나 경사, 홍보원정대 관심 있어요? 관심 있으면, 지방청 추천으로 해 줄 수 있어요."

반가운 소식을 전해준 그녀는 지방청 교육계 주임님이었다.

"네? 정말요? 아 그런 방법도 있었군요."

"네, 지방청 추천도 있어요. 개인이 지원해도 되는데, 그건 선발을 별도로 해요."

"네, 감사합니다. 그럼 제가 지원서를 작성해서 보내드리면 되나요?"

"나 경사가 할 마음이 있다면, 지원서 보내요. 지방청 추천으로 할게요."

기회는 또 나를 반겼다. 불가능하다는 생각과는 반대로 기회가 제 발로 나를 찾아왔다. 나는 냉큼 그 기회를 잡았다. 그리고 당당히 '경찰 채용 홍보원정대'의 일원이 되었다. 그리고 경찰홍보 포스터 제작에 쓰일 광고 문구 공모에서 1등을 하였다. 그러면서 나는 서서히 전국 경찰관들에게 이름이 알려졌고, 경찰청 담당 부서에도 나의 존재감이 선명하게 드러났다.

홍보원정대의 업무는 말 그대로 경찰 채용에 대해 홍보하는 업무이다. 현재 자기 일을 하면서, 설명회가 있으면 경찰을 희망하거나 진로 결정을 앞둔 수험생에게 동기부여를 해주는 역할을 한다. 경찰에 대한 전반적인 정보들을 알려주며, 우수한 인재가 경찰에 지원할 수 있도록 유도하는 역할을 하는 것이다. 나는 이 일이 즐거웠다. PPT를 만들고, 사람들 앞에 서서 설명을 하는 내 모습이 자랑스러웠다. 늘 똑같기만 했던 내 일상과는 다른 새로운 일이 나를 설레게 했다. 나의 모습을 보고 경찰을 꿈꾸는 수험생이 생겨나고, 나에게 그 방법을 문의하는 사람들이 있다는 것이 보람이었다. 2013년 공직 박람회에서 경찰 채용 설명회를 하며, 마지막에 이런 말을 했다.

"지금 마음속에 꿈틀대고 있는 무엇인가가 느껴지나요? 그것이 바로 '열정의 씨앗'입니다. 그 열정의 씨앗은 지금 "물 달라, 거름 달라" 하며, 외치고 있습니다. 그 외침을 절대 외면하지 마세요. 그리고 그 씨앗은 좋은 물과 좋은 거름을 먹어야 큰 나무로 자랄 수 있습니다. 그 비옥한 토양이 바로 대한민국 경찰이라는 것을 잊지 마십시오."

이 말을 전하는 순간 알 수 없는 전율을 느꼈고, 많은 수험생들이 나를 부러운 듯 바라보았다. 이제 나는 더 이상 평범한 일상을 사는 직장인이 아니었다.

채용 면접관

채용 홍보원정대로서 해야 할 역할을 바쁘게 소화하며, 담당 업무도 성실하게 처리했다. 나는 여전히 일에서만큼은 프로였고, 자신감

또한 대단했다. 그러던 중, 채용 홍보원정대 담당인 교육계 주임님이 전화를 하셨다.

"나 경사, 채용 면접관 인력 풀을 운영하는데 채용 홍보원정대 인원들도 채용 면접관 인력으로 운영을 하라고 하네. 그래서 하겠느냐고 의사를 물어보려고 전화했어."

나는 순간 심장이 멎는 줄 알았다. 내가 경찰관 채용을 위한 면접관이 될 수 있다는 사실에 놀라움을 금치 못했다. 면접관이라 하면, 정말 계급도 높고 똑똑하고 박식한 사람만 할 수 있다고 생각했다.

"그럼요. 주임님, 저는 당연히 좋지요."

주저하지 않고 대답했다. 사람 일은 참 어찌 될지 아무도 모른다. 그리고 한 달 전에 했던 일이 생각이 났다. 나는 한 달 전에 중앙 공무원 사이버교육센터에서 '면접관이 해야 할 일, 하지 말아야 할 일'이라는 교육을 이수했었다. 채용 홍보원정대로 있으면서, 수험생들이 궁금해할 수 있는 분야라고 생각해서 즉각 수강을 하였고, 충실히 공부했다. 그리고 좋은 점수로 교육이수를 했는데, 마치 내가 면접관이되기 위해 교육을 이수한 것처럼 딱 맞아떨어졌다. 그리고 채용 면접관 워크숍(workshop)에 참가하여 부족한 부분을 보충했고, 그곳에서 여러 사람을 만났다.

"설마, 그렇게 많은 면접관 중에 내가 뽑히겠어?"

그 기회까지는 내게 오지 않을 것이라며, 이렇게 인력 풀 명단에 들어있는 것만으로도 감사한 일이라고 중얼거렸다. 그런데 2013년 하반기 순경공채 면접일 전날, 채용 면접관으로 선발되었다. 기회가 또 온 것이었다. 남들은 별것도 아닌 것으로 호들갑을 떤다고 할지 모르지만, 내 삶에서 이번 일은 그저 그런 일이 절대 아니었다. 경찰이라는 직장에서 새로운 활력소를 찾는 계기가 되었다.

불과 몇 개월 전만 해도, 직장 생활이 재미없다고 생각했다. 늘 같은 일만 하고, 여가생활을 누릴 수 있는 여유가 없었다. 나보다 가족을 먼저 생각했고, 그게 행복이라고 자위했다. 일에 대한 매너리즘도 찾아왔고, 더불어 내 존재감이 의심스러웠다. 그만하면 잘살고 있는 것이라며 주위에서 위로해주었지만 나 스스로 만족할 수 없었다. 하지만 그때 혜성같이 나타난 기회들은 경찰 생활을 더 활기차고 윤택하게 만들어줬다. 특별승진이라는 기회로 '나'라는 존재감을 알렸고, 뒤이어 내 능력을 발휘하고 점검해 볼 수 있는 기회도 생겼다. 한꺼번에 연달아 나에게 찾아온 이 기회들은 내가 특별해서 찾아온 것이 아니었다. 항상 가까운 곳에 기회는 있었지만, 내가 찾으려 하지 않았다. "할 수 없다."라고 미리 체념한 채, 기회가 오질 않는다며 원망하고 있었다. 그러나 기회는 생각보다 가까이 있었다.

자신의 주변에서 기회를 찾아보자.

"기회는 생각보다 가까이 있다."

경찰관이 꿈인 그들의 멘토가 되다

내가 경찰관이 되겠다고 결심했을 때, 나에게 힘이 되어준 멘토는 없었다. 무엇부터 시작해야 하며, 또 어떻게 목표를 달성할 수 있는지를 시간이 지난 후에 스스로 터득했다. 나는 그때 이렇게 생각했다.

"내 주위에 경찰관이 한 명이라도 있었으면 좋겠다. 진작 경찰관을 알아둘걸."

내 주위에는 경찰관도, 아니 경찰서 주변에 사는 사람도 없었다. 그래서 경찰관이라는 직업은 특별한 직업이라고 생각했는지 모른다. 공부를 시작하기 전, 경찰에 대한 사전지식이 조금이라도 있었다면 덜 힘들었을지도 모르는 일이었다.

나는 특진의 영광을 누렸고, 채용 홍보원정대의 멤버가 되었으며, 채용 면접관이 되는 기회를 가졌다. 경찰관이라는 직업을 선택해서 얻은 이런 기회를 난 고스란히 묵혀두고 싶지 않았다. 마침 공직 박람회장에서 만난 경찰을 꿈꾸는 수험생들을 보면서, 나는 이들에게 도움이 되고 싶다는 생각을 했다. 그게 내 꿈의 발판이 될지는 전혀 몰랐다.

2013년 6월 공직 박람회가 개최되었다. 지역별로 각 공공기관이 우수 인재 채용을 위해 개최된 박람회였다. 나는 경찰 채용홍보를 위해 공직 박람회에 참석했고, 그곳에서 수많은 수험생들을 만날 수 있었다. 그중에는 어릴때부터 경찰이 꿈이었던 수험생들도 다수 포함되어 있었다. 경찰청 부스가 설치된 곳은 인산인해였다. 그만큼 경찰이라는 직업에 대한 관심이 많다는 것을 짐작할 수 있었다. 중·고등학생, 대학생, 시험 준비를 하는 수험생 등 경찰의 인기는 실로 놀라울 정도였다. 한 수험생의 이야기를 들어보자.

"와우, 정말 대단합니다. 저는 지금 경찰시험을 1년 정도 준비하고 있습니다. 이런 공직 박람회에서 경찰청 부스를 보니 가슴이 뜁니다. 멀리서 포돌이 인형만 봐도 떨리고, 가까이에서 제복을 입은 경찰관님들을 보니 심장이 터질 것 같습니다. 저도 언젠가는 경찰관이 되어 이렇게 제복을 입고 저 같은 수험생들에게 꿈을 줄 수 있겠지요? 너무 부럽습니다. 얼마나 큰 고생 끝에 이렇게 서 계시는지 저는 다 알고 있습니다. 제가 꼭 열심히 준비해서 경찰관이 되겠습니다. 그때 저도 한 자리 끼워주시기 바랍니다."

1년 동안 경찰 공무원 시험 준비를 하고 있던 그는, 경찰에 대한 열정이 얼마나 뜨거운지 우리에게 전해줬다. 가끔 드는 경찰에 대한 회의감도 그 수험생 때문에 잊을 수 있었다. 그들을 위해 본격적으로 멘토가 되기로 결심했다. 그리고 공직 박람회와 채용박람회에 참석하여, 도움을 필요로 하는 이들에게 내 연락처를 알려줬다. 언제나 궁금한 게 있을 때, 연락하도록 일러주었다. 처음에는 "정말, 그래도 될까요?"라며, 의아한 표정을 지었다. 그리고 며칠 후, 어떤 수험생으로부터 연락을 받았다. 그녀의 목소리는 아주 활기차고 들떠있었다.

"선생님! 전에 공직 박람회에서 만났던 ○○○입니다. 기억하시죠?"

"어? 그래! 기억해! 잘 있었니? 요즘은 어떻게 지내? 근데 어쩐 일이야?"

그녀에게 전화한 이유를 물었다. 설마, 그때의 인연으로 전화를 할 줄은 몰랐다.

"어쩐 일이긴요? 그때 그러셨잖아요. 경찰에 도전하겠다고 결심이 서면, 꼭 연락하라고 했잖아요!"

순간, 나는 가슴이 벅찼다. 전에 경찰관에 도전할지 말지 고민했던 그녀에게 강한 동기부여를 해주었는데 마음의 결정을 하고 내게 연락을 했다.

"맞아. 맞아. 내가 그랬어. 어? 그럼 결정한 거야? 축하해! 그때 보니깐 꼭 그럴 것 같더라고."

"모두 선생님 덕분이에요. 계속 갈등하고 있었는데, 저에게 힘이 되어 주었어요. 다른 사람들은 좋은 말만 해주었는데, 선생님은 있는 그대로를 알려주셔서 솔직히 믿음이 가더라고요. 저 꼭 열심히 해서 선생님처럼 멋진 경찰관이 될 거에요."

그녀의 전화를 받고, 자신에 대해 생각해 보았다. 나를 본받고 싶다는 사람이 생겼다는 것이 믿어지지 않았다. 나도 누군가의 꿈이 될 수 있는 멘토가 되었다는 것에 감사했다. 그 일을 계기로 나는 경찰을 꿈꾸고 있는 이들, 그리고 진로를 결정하는데 갈등을 하고 있는 이들에게 본격적으로 멘토가 되기로 결심했다.

그 이후, 중·고등학교를 방문해서 직업설명회를 개최했고, 그들에게 경찰이라는 직업에 대해 홍보했다. 일반적인 사람들이 알고 있는 경찰, 경찰이 보는 경찰, 그리고 경찰이 되면 얻을 수 있는 것들을 알려주었다. 아직 어린 학생들이지만, 눈이 반짝거리는 모습을 보았다. 나는 경찰의 미래가 지금보다 더 밝을 것이라는 생각이 들었다. 학생들의 질문을 토대로 일반 사람들이 경찰에 대해 오해하고 있거나, 궁금해하던 것들을 기록했다. 그리고 홍보설명회에 정보를 제공했다. 생각보다 경찰을 꿈꾸고 있는 학생들이 많다는 것에 놀랐다. 설명회를 하고 있는 내내 어느 누구도 졸고 있는 모습을 찾아볼 수 없었다. 설명회를 마칠 때가 되면, 더해달라며 계속 조르기도 했다. 경찰관으로서 자부심도 느꼈으며, 그들을 보면서 처음 경찰이 되었을 때의 설렘을 다시 확인할 수 있었다. 덕분에 내 가슴도 덩달아 뛰었다.

경찰관으로서 학생을 대상으로 설명회를 다니면서, 그들이 겪고 있는 아픈 사연을 많이 듣게 되었다. 학교폭력 피해자로서의 아픔과 가해자로서의 정신적 고통을 겪고 있는 학생들이 의외로 많았다. 그들에게는 경찰관이라는 직업에 대한 홍보보다 먼저 그들의 고통에 공감해주어야 한다. 그래서 나는 '학교폭력 상담사'와 '미디어중독 상담사'라는 분야를 공부했고, 자격증을 취득하였다. 그리고 학교폭력 예방 강의를 다니면서, 그들을 도와주고 보살펴주려고 노력했으며 그들에게 경찰에 대한 꿈을 심어주었다. 나는 점점 그들의 꿈에 대한 멘토가 되어가고 있었다.

얼마 전, 어느 수험생으로부터 전화를 받았다. 그는 2013년 하반기 순경공채시험에 응시한 수험생이었다. 그는 원서를 제출할 때, 각각의 시험이 끝날 때까지 나에게 전화를 해서 중간보고(?)를 하였다.

"오늘 원서 접수했습니다. A 지방 경찰청으로 지원했습니다."

"오늘 필기시험을 봤습니다. 잘 봤는지 저도 모르겠습니다. 잘 될 거라고 믿고 있습니다."

"필기시험에 합격했습니다. 너무 기쁩니다. 이제는 다른 과정을 준비해야 합니다."

"오늘 체력 검정을 했습니다. 그냥 중간 정도 한 것 같습니다."

"한 달 있다 면접을 보게 됩니다. 어떻게 면접에 대비해야하는지 알려 주십시오."

"덕분에 면접 잘 봤습니다. 알려주신 대로 하니 훨씬 긴장이 덜 되고 좋았습니다. 이제 결과만 기다리면 됩니다."

그리고 바로 며칠 전, 2013년 하반기 순경공채시험 최종합격자 명단 발표가 있었다. 그는 명단을 확인하고, 곧장 나에게 또 전화를 했다.

"나 경사님! 저 붙었습니다. 감사합니다!"

반가운 소식을 나에게 먼저 전했다. 나도 덩달아 기뻤고, 내 덕분에 합격할 수 있었다는 말에 뿌듯했다. 얼마나 도움이 되었는지는 모르지만, 조금의 자극이라도 되었다면 고마운 일이었다. 사소한 내 경험담이 그에게 주옥과 같을 수 있다는 것에 감사했다.

경찰관을 꿈꾸며, 어떻게 해야 할지 모르는 이들에게 힘이 되어주는 멘토가 되었다. 저명하고 유능한 멘토는 아니지만, 나로 인해 경찰관이 되고자 결심하고, 경찰관이 되는데 작은 도움이라도 될 수 있다면 더 바랄 게 없다.

몇 달 전, 같은 경찰서에 근무하는 후배 여경이 나에게 이렇게 말을 했다.

"선배님! 선배님은 정말 제가 본받고 싶은 롤모델입니다. 정말 대단하신 것 같아요. 어떻게 이렇게 당당하고, 모든 일에 최선을 다하는지 정말 놀라워요. 열심히 노력하면, 계급에 상관없이 인정받을 수 있다는 것을 절실히 느끼고 있어요."

그녀의 말에 눈가가 뜨거워졌다. 이렇게 되기까지 내가 걸어온 세월을 생각하니 가슴이 먹먹했다. 경찰관의 꿈을 심어주는 것에서 이제는 본받고 싶은 선배 경찰관으로 인정받았다는 것이 정말 뿌듯했다.

나는 다시 12년 전 젊은 청춘으로 되돌아가라 해도, 거절할 것이다. 12년 동안 닦아온 성과들을 버리고 싶지 않기 때문이다. 그리고 그 성과들을 이루기 위해 했던 나의 노력이 매우 소중하다. 나는 지금 스스로가 무척 자랑스럽다.

또 다른 나를 찾다

나는 무언가에 목말라 있었다. 학생들에게 꿈 멘토가 되었고, 나를 보고 경찰관이 되겠다는 이들도 생겼다. 그리고 나를 본받고 싶다고 말하는 후배도 생겼다. 하지만 뭔가 부족한 느낌이 나를 떠나지 않았다. 하루는 자기가 하고 싶은 일을 하는 남편을 보고 투정을 부렸다.

"좋겠다. 하고 싶은 운동을 자유롭게 할 수 있어서 좋겠다. 나는 만날 사무실, 집, 사무실인데. 나는 자유롭게 운동도 할 수 없고."

"그렇게 말하지 마. 내가 얼마나 자유롭게 생활한다고 그래? 나도 일 많이 하잖아. 그리고 내가 쉬는 날 시간을 쪼개서 하는 거야! 그리고 당신도 이만하면 괜찮게 살고 있는 거 아니야? 다른 사람들도 다 이렇게 살아. 아니 우리보다 못한 사람이 태반이야! 당신, 지금 이 모습도 아주 멋져! 더 멋있으면 방송국에서 탤런트 하자고 쫓아올지 모르니까, 가만히 있어."

남편은 나에게 늘 이렇게 말한다. 지금도 멋지게 잘살고 있는데, 왜 자꾸 투정이냐는 것이다. 하지만 나는 허전했다. 뭔가 새로운 것에 또 도전하고 싶다는 생각이 들었다.

어느 날, 우연히 인터넷을 검색하면서 한 여성을 보게 되었다. 그 당시 케이블 TV인 tvN채널에서 그녀가 강의했던 모습이 인터넷 첫 화면에 담아져 있었다. 그때까지만 해도 나는 그녀가 누구인지, 뭐 하는 사람인지 몰랐다. 그냥 말 잘하는 아줌마라고 생각했다. 그 강의 동영상에 대한 댓글은 폭발적이었고, 나도 모르게 그 동영상의 play 버튼을 눌렀다. 그녀의 말솜씨는 날 현혹했고, 강의 내용 또한 나를 자극했다. 그녀의 강의를 모두 검색해서 다운받았고, 무엇에 홀린 듯 강의에 푹 빠졌다. 그녀가 바로 아트스피치의 김미경 원장이다. 그녀는 이제 나의 멘토가 되었고, 그녀처럼 되고 싶었다.

나는 그동안 여러 번 강의를 해보았다. 처음에는 청중 앞에 서 있는 것조차 떨리고 익숙하지 않았지만, 내가 자신 있는 분야를 강의하는 것이 더없이 즐거웠다. 너무 떨려서 아무도 보이지 않았던 처음과는 달리 시간이 흐를수록 나는 청중들과 눈을 마주칠 수 있을 정도로 능숙해졌다. 그렇게 변해가는 자신이 놀라웠다. 나는 평소에 강사라는 직업에 매력을 느끼고 있었다. '나도 어디 가서 말 못한다는 소리는 안 듣지.'라고 생각하며, 자기만족을 했다. 일을 하면서도 비상식적이고 몰지각한 사람들에게 능숙한 말솜씨로 진정시켰던 적이 자주 있었다. 그리고 내가 설득해서 보험에 가입한 직원도 있었다. 물론 내가 인정하고 괜찮다고 생각하는 상품들을 적극 추천해주었다. 한 가지 재미있는 일화를 소개하겠다.

나와 함께 근무했던 후배 경찰관이 있었다. 우리 사무실에는 평소에 보험이나 비과세복리저축 가입을 위한 영업사원들이 자주 들렀다. 생활하기도 빠듯한 공무원 월급에 더 추가로 적금에 가입한다는 것은 쉬운 일이 아니었다. 하지만 상품이 괜찮고, 오랫동안 묶어두면 없는 돈처럼 있다가 10년 후쯤 목돈을 만들 수 있을 거라 생각하고 가입했다. 나름대로 그 상품에 대해 많이 알고 있어 그때 찾아왔던 영업사원들이 나를 대단하게 생각할 정도였다. 내 옆에 있던 후배 경찰관이 내가 가입한 상품을 자신도 할까 말까 고민하고 있었다. 나는 그 직원에게 이 상품에 대한 개괄적인 내용, 장단점 등을 말해주었다. 그리고 "가입하면 좋은 점이 많다."라고 자신 있게 얘기했다. 그 직원은 내 설명을 듣고 주저하지 않고 바로 가입했다. 그러자 주위에서 나에게 이렇게 말했다

"나 경사님! 나 경사님 말 들으면 안 할 수가 없을 거 같아요. 옆에 듣고 있는데 혹하더라고요! 대단한 말솜씨예요!"

나의 언어 구사능력은 괜찮은 편이다. 설득력 있고, 겸손하고 차분하면서 유머 있게 말한다. 사람들이 나에게 보험회사 영업사원 했으면 "보험 판매왕"에 등극했을 거라고 말을 했다. 나는 남들 앞에서 말하는 그런 직업에 매력을 느꼈다.

나도 TV 속 그녀처럼 강사가 되고 싶었다. 사람들이 내 이야기를 들으며, 흥분하는 모습을 상상했다. 그동안의 채용설명회 같은 강의 경력들은 그 꿈을 뒷받침해줄 수 있는 최소한의 스펙이었다. 그래서 강사가 되기 위한 방법을 찾아보았다. 직장생활을 하고 있는 내가 강사가 되기 위한 준비를 어떻게 해야 하는지 자세히 알아보았다. 그리고 현재 다양한 분야의 강사가 존재한다는 것을 알았다. CS강사, 기업강사, 성희롱 예방강사 등등 아주 많은 분야에서 강사가 활동을 한다는 것을 알았다. 또 요즘은 각 공공기관이나 기업마다 교육이 활성화되어 강사의 수요가 많다는 것도 알았다. 노력하면, 경찰업무와 관련된 강사가 될 수도 있겠다는 생각을 했다.

어느 분야의 강사가 되어야 하는지, 그리고 어떤 공부를 해야 하는지 알아보았다. 하지만 강사가 되는 것도 여러 가지 준비가 필요했다. 관심 분야에 대해 공부를 해야 했고, 공부를 하기 위해서는 시간이 필요했다. 하지만 대부분의 워킹맘들이 그렇듯 육아를 제쳐놓고 내 시간을 가질 수 없는 실정이었다. 불규칙한 남편의 근무시간과 아이들을 맡길 곳이 전혀 없는 상황에서 강사라는 직업에 도전하는 것은 무리가 많았다. 관련 학원이나, 스피치 학원에 등록하고 싶어도 주말마다 원거리를 가야 했다. 원거리 이동은 할 수 있다고 해도, 아이들을 맡겨둘 곳이 없어 포기하였다. 강사가 되기 위한 다른 방법을 찾던 중, 경찰에서 운영하는 '동료 강사'라는 것에 지원해보려 했지만, 내가 원했던 분야가 아니어서 그만두었다. 하고 싶은 것을 해야 재미있고 보람이 있겠다 싶은 마음에 동료 강사의 과정도 마음속에서 내려놓았다. 상황이 이렇게 악조건인데도 강사에 대한 꿈은 더욱 견고해졌다.

"어떻게든 하고 말 거야! 언젠가는 하고 말 거야!"

강사라는 꿈을 위해 계속해서 전진했다. 첫 번째 대학교수라는 꿈에 이어 두 번째 경찰관이라는 꿈, 그리고 세 번째 나의 꿈은 강사라는 것을 마음속에 깊이 새겼다.

현실에 만족하지 않고 자기발전을 위해 노력하는 나를 스스로 크게 칭찬했다. 현실에 안주하는 것만큼 발전 없는 삶이 또 어디 있겠는가. 남들과 똑같은 삶을 살기 위해 이 세상에 태어난 것이 아니었다. 추진력과 열정으로 언젠가는 충분히 가능하리라고 확신했다.

그렇게 나이 서른다섯, 또 다른 나를 찾기 위한 몸부림이 시작되었다.

작가는 아무나 하나?

　강사가 되기 위한 세 번째 꿈을 가슴에 간직한 채, 경찰 업무에도 최선을 다했다. 직장에서는 어느 누구보다 활기차고 당당하게 일을 해나갔다. 그리고 아이들을 돌보고, 남편을 내조하는 일도 언제나 한결같았다. 사람들은 걱정 없고, 행복하겠다며 나를 부러워 하지만, 아직도 무엇인가 아쉬운 삶이었다. 정작 나를 위한 무엇인가에 도전하고 싶은 마음은 접을 수가 없었다.

　강사가 될 수 있는 방법으로 일단 스피치 학원에 등록하기로 결정했다. 남편에게 그 사실을 통보했고, 남편은 기꺼이 토요일마다 근무를 바꿔가며 날 지원해주기로 약속했다. 그런데 시아버님의 암 투병 소식이 들려왔다. 자식으로서 가까이 살지도 못하는데 쉬는 주말이라도 시댁에 가봐야 한다는 책임감에 학원 등록은 무산되고 말았다. 누굴 탓할 수도 없는 어쩔 수 없는 상황이었다.

어느 날, 남편이 법륜스님의 《인생수업》이라는 책을 읽고 있었다. 갑자기 남편은 책을 읽다 말고 나에게 웃으며 이렇게 말했다.

"여보! 이 책 말이야. 참 쉽게 썼어? 어렵지도 않고 그냥 쓴 거 같은데 참 이해하기가 쉬운 책이야."

"그래? 그럼 나도 읽어봐야겠네. 재밌어?"

"응. 재밌고 술술 읽혀. 당신도 책 한 번 써봐!"

"뭐? 책을 쓰라고? 내가?"

"응. 당신도 책을 쓸 수 있을 거 같은데?"

남편은 나에게 정말 책을 쓰라는 의미로 말했던 게 아니었다. 법륜스님의 글이 이해하기 쉽게 썼지만, 솔직히 그렇게 쓰는 게 가장 어려운 법이다. 남편은 책을 이렇게 이해하기 쉽고 읽기 편하게 쓴다는 사실이 대단해서 장난으로 "당신도 할 수 있겠다."라고 말했던 것이다. 그런데 나는 그 말을 흘려보내지 않았다. 그리고 며칠 후,

"나 책 쓰고 싶어! 내 이름으로 된 책 한 권 내보는 것도 정말 괜찮을 것 같아!"

"뭐? 당신 왜그래? 작가는 뭐 아무나 해?"

"나보고 해보랬잖아! 근데 왜? 안 돼?"

"그때는 그냥 장난이었지. 강사 한다고 할 때는 언제고 무슨 책이야?"

남편은 내가 책을 쓴다는 말에 황당해하고 어이없어했다. 아무나

책을 쓰냐며 타박했다. 사실 나 또한 아무나 책을 쓰지 못한다는 생각을 했다. 사실 내가 책을 쓰려고 했던 이유는 강사가 되기 위한 한 과정이라고 생각했기 때문이다. 책을 써서 강연가가 되고, 인생이 바뀐 저자들을 TV나 다른 매체들을 통해서 봐왔고, 나도 그런 인생을 살고 싶었다. 그렇게까지 되지 못해도, 시작이라도 해보고 싶었다. 해보지도 않고 후회하는 삶은 의미 없는 것이라 여겼다. 여러 가지 여건들로 인해 강사의 꿈을 이루지 못한다면, 시간이나 환경에 구애받지 않는 책을 써서 강연가의 길로 접어들고 싶었다.

그렇게 막연히 책을 쓰기 위한 공부가 시작되었다. 책 쓰는 방법과 책 출간하는 방법을 알아보는 데 집중했다. 남편은 '저러다 말겠지.'하는 마음으로 바라보았다. 그러나 작가의 꿈은 강연가가 되기 위한 중요한 과정이었기에 포기하지 않았다. 그리고 얼마 후 남편은 나의 열정에 손을 들었다. 확신을 가지고 동의해 준 것은 절대 아니었고, 내가 하고 싶다 하니 속는 셈 치고 들어주었다.

책을 쓰기 위해서는 공부가 필요했다. 난 그전까지만 해도 재능이 있는 사람만이 작가가 될 수 있다고 생각했다. 그리고 특별한 공부가 필요없이 타고난 능력으로 책을 쓰는 것이라고 믿었다. 하지만 알아보니 책 쓰기에 대한 방법이나 기술을 배우고, 필력을 향상시키면 책은 충분히 쓸 수 있다는 것이다. 운이 좋게도 어느 출판사에서 기획하는 육아 공동저서 프로그램을 만났다. 책을 쓰기에는 더없이 좋은 기회였다. 어떤 분야에 도전하기 위해서는 항상 금전적인 지원이 수반되어야 한다. 운동이든, 악기를 배우는 것이든 모두 마찬가지였다. 남편에게 금전적인 부분에 대해 의논했지만, 선뜻 동의하지 않았다. 글 쓰는 것에 선천적인 재능이 없던 나에게는 꼭 필요한 공부였기에 남편을 설득했다. 미안한 면도 있었지만, 내 삶을 돌아보니 나도 충분히 그 정도는 투자할 수 있는 사람이라 생각했다. 그리고 남편에게 전화해, 대뜸 화를 냈다.

"진짜 서운하다. 내가 그렇게 하고 싶다는데, 후회해도 해보고 후회하고 싶다는데, 그렇게 안 도와주니? 나는 당신 운동한다고 할 때, 필요한 장비 산다고 할 때, 단 한 번도 하지 말라고 반대하지 않았어. 그런데 내가 이제 뭐 좀 해보겠다는데 그냥 모른척하고 밀어주면 안 되는 거야?"

남편은 내가 울먹이며 화를 내자, 당황스러웠는지 나 대신 그 공동저서 기획에 등록을 해주었다. 그렇게 남편 덕분에 나는 책 쓰기를 시작할 수 있었다. 내 이름이 인쇄되어 있는 내 책을 가질 수 있는 기회가 찾아왔다.

도전에는 항상 모험이 뒤따른다. 앞이 보이지 않는 안갯속을 헤매는 것과 같지만, 보이지 않는다고 멈춰버리는 것은 무의미하다. 그 안개를 헤쳐나간다면, 눈앞에 밝은 햇살이 비칠 것이다. 그리고 밝고 푸른 하늘을 만끽할 수 있다. 나는 여러 가지의 꿈을 가졌고, 그 꿈을 위해 도전을 멈추지 않았다. 강사가 되겠다는 다짐을 하였고, 그 첫걸음으로 책을 쓰게 되었다. 그렇게 세 번째 꿈을 향한 발걸음을 내딛였다. 나의 인생이 앞으로 어떻게 전개될지 모르겠으나 굳게 믿고 도전했다. 그리고 나처럼 어떤 꿈에 대해 망설이고 있는 이가 있다면, 난 이렇게 말해주고 싶다.

"해보지도 않고 두려워하지 마라. 뭐든지 해보고 후회해야 한다. 해보지도 않고 후회하는 것은, 해보고 후회하는 것과 비교가 되지 않는다. 그렇게 망설이다 기회는 떠난다. 빨리 실행하는 자만이 성공할 수 있다."

인간극장의 주인공을 위해

콘돌리자 라이스는 흑인 여성 최초로 미국 국무장관에 올랐다. 그녀의 유년생활은 그리 순탄치 않았다. 어린 시절, 그녀는 피부색의 차이로 항상 놀림을 받는 소녀였다. 인종차별로 인해 사람들에게 멸시와 조롱을 당했다. 그러나 그녀는 그 수모를 꿋꿋이 이겨냈다. 1964년 콘돌리자 라이스가 10세가 되던 해였다. 그녀는 부모님의 손을 잡고 백악관을 구경했다. 백악관 안은 들어가지 못하고 밖에서 외곽만 둘러보다가 그녀는 조심스럽게 말했다.

"아빠, 제가 저 안으로 들어가지 못하고 밖에서 구경해야만 하는 이유가 제 피부색 때문이죠? 두고 보세요! 저는 꼭 저 백악관 안에 들어갈 거예요!"

그녀의 다짐은 실제로 이루어졌다. 정확히 25년 후, 미국 대외정책을 주도하는 수석 보좌관으로 백악관에 들어갔다. 그녀는 다른 사람들과 마찬가지로 처음부터 '성공'을 확신했던 사람이 아니었다. 유년 시절에는 인종 차별로 놀림을 받았고, 소외당했다. 그러나 그녀는 흑인 여성 최초 미국 국무장관에 올랐다. 대부분의 성공한 사람들은 어려운 시절을 극복하고, 여러 번의 좌절을 이겨내어 지금 그 자리에 섰다. 한 편의 인간극장의 주인공이 바로 이러한 사람들일 것이다.

2013년 6월 SBS '힐링캠프, 기쁘지 아니한가'라는 프로그램에서는 해표지증이라는 희귀병으로, 태어날 때부터 팔·다리 없이 태어난 닉 부이치치 편이 방송되었다. 그는 팔과 다리가 없는 장애에도 불구하고 골프, 낚시, 여행, 스쿠버다이빙 같은 레저를 즐긴다고 한다. 그뿐만 아니라 영화에도 출연했고 미모의 여성과 결혼에도 성공했다. 그의 희귀병 때문에 어머니는 그를 출산한 지 4개월 만에 아들을 받아들였다. 그가 10세 되던 해, 삶을 포기하려 했지만 가족의 사랑으로 다시 일어설 수 있었다. 그는 지금 희망전도사가 되어 전 세계 43개국을 돌아다니며 400만 명이 넘는 사람들에게 꿈과 희망을 전해주는 메신저가 되었다. 그는 장애를 딛고 일어서서 일반인도 하기 힘든 일들에 도전했고, 성공했다. 그리고 자신처럼 불행한 조건에 처해있는 사람들에게 '할 수 있다.'는 확신을 심어주고 있다. 그가 프로그램 마지막에 했던 말이 가슴속에 깊이 남았다.

"넘어지면 어떻게 될까. 만일 100번 다 실패하면 나는 실패자일까. 우리 모두 실패를 한다. 그러나 실패는 교훈을 준다. 실패할 때마다 무언가를 배우니 절대 포기하지 마라. 인생의 소중한 것들은 절대 돈을 주고 살 수 없다. 계속 시도하고 절대 포기하지 말아야 한다."

닉 부이치치의 방송을 보고 그야말로 가장 성공한 사람이라는 생각이 들었다. 장애가 있어 불가능할 것 같은 운동, 컴퓨터, 샤워, 옷 입기, 대학 진학 등을 혼자서 노력하여 이뤄냈다. 진정한 인간극장의 주인공이 아닐 수 없다.

나는 지극히 평범한 사람이다. 콘돌리자 라이스처럼 인종 차별을 받지도 않았고, 닉 부이치치같이 장애가 있지도 않다. 남들 사는 것만큼 살아왔다. 하지만 강사가 되기 위해 책을 쓰려고 하는 과정에서 여러 장애물을 만나야 했다. 나의 직업과 보살펴야 하는 아이들, 그리고 가사까지, 책을 쓰기에는 적지 않은 부담이었다. 온전히 책을 쓸 수 있는 시간은 하루 중 유일하게 밤중이었고, 하루 종일 지친 몸으로 책을 쓰는 것은 비효율적이고 피곤한 일이었다. 꾸벅꾸벅 졸다 쓰고, 다시 깨서 쓰기를 하다 보니 서서히 지치기도 했다. 그러나 이런 육체적인 고통쯤은 내가 진정 하고 싶은 일을 하는 데 있어 아무런 장애가 되질 않았다. 진정으로 원하는 것을 쟁취하고, 원했던 삶을 살기 위한 투자라고 생각했다. 가장 힘들었던 부분은 역시 금전적인 문제였다. 여러 권의 책을 사야 했고, 책 쓰기 공부를 위해서 그만큼 투자를 해야 했다. 남편이 선뜻 허락했지만, 한정된 생활비에서 나에게 투자할 수 있는 비용은 늘 부족했다.

내가 아는 그녀 역시 책을 쓰는 사람이다. 그녀는 직장에 다니지 않는다. 아이가 어린이집에 간 사이 집안일을 하고 책을 쓴다. 책을 쓰면서 경쟁 도서를 분석할 수 있는 시간적 여유도 넘쳐났다. 그녀는 나처럼 밤을 지새우며 책을 쓰지 않는다. 그리고 책을 쓰느라 힘든 자신을 위해 가사도우미를 고용했다. 그 정도로 그녀의 재력은 탄탄했다. 그녀는 자기가 원하는 것을 하기 위해 필요한 모든 것을 과감하게 투자했다. 남편에게 말만 하면, 바로 지원받을 수 있을 만큼 남부럽지 않은 생활을 했다. 그래서 그녀는, 글쓰기에만 집중하는 것이 가능하다. 나는 그녀가 부러웠다. 나와 같은 꿈을 꾸는 사람이지만, 나는 그녀와 달리 직장도 다니고 아이도 돌보고, 집안일도 해야 했다. 더욱이 가사도우미를 고용하며 책을 쓸 수 있는 형편이 되지 못했다. 책을 사고 싶어도 돈을 먼저 생각해야 했고, 더 좋은 공부를 하고 싶어도 집안 경제상황을 고려해야 했다. 일정한 월급으로 생활하느라 다른 곳에 쓸 여유를 둘 수 없는 형편이었다. 하루는 그녀가 부러워서 내가 아는 후배에게 신세 한탄을 했다.

"대영아! 그녀는 참 좋겠지. 하고 싶은 거 하는데 돈 걱정을 안 해도 되잖아! 나도 내가 하고 싶은 거 하면서 제발 돈 걱정 좀 안 하고 살았으면 좋겠어! 하늘에서 돈벼락이라도 떨어졌으면 좋겠다."

"누나! 나도 사실 그 말을 들으니까 부럽다. 근데 그 친구가 그렇게 부자야?"

"응. 부자야. 남편도 돈을 잘 벌고, 집안도 원래 부자더라. 난 그런 거 솔직히 하나도 안 부러운데 돈 걱정 안 하고 자기가 하고 싶은 것을 마음껏 하는 것은 좀 부럽더라. 특히 요즘은 그러네."

"누나! 근데 너무 부러워하지 마! 세상에 성공했다는 사람들은 대부분 누나나 나처럼 실패도 많이 하고, 돈 없이 시작한 사람들이야. 그리고 세상 사람들도 그런 사람을 성공한 사람이라고 인정해 주고. 그렇지 않아? 모든 걸 갖추고 있는 사람들에게 성공이 무슨 의미가 있겠어?"

"그렇구나! 맞다. 그렇지."

"누나! 인간극장의 주인공은 모두 경제적으로 어렵거나, 사회적으로 인정받지 못했던 사람들이야."

나는 후배 녀석의 말에 뒤통수를 한 대 맞은 기분이었다. 나는 내 처지만을 탓하며, 힘들다고 투정부렸다. 강연가가 되기 위해 책을 쓰고 있지만, 더 나은 환경을 갖지 못한 것을 원망하고 있었다. 인간극장의 주인공은 나처럼 어려운 상황에서도 꿈을 잃지 않고 부단하게 노력하는 사람이란 것을 잊고 있었다. 다시 한 번 나를 추스르기 위해 용기를 갖기로 했다.

내 인생의 주인공이 되기 위한 몸부림은 나를 더욱 설레게 한다.

나는, 꿈을 꾸고 있는
대한민국 경찰이다

　나의 세 번째 꿈을 꼭 이루리라 결심했다. 그리고 인간극장의 주인공을 향한 첫걸음으로 어느 한 출판사의 공동저서 기획 프로그램에 등록했다. 글 쓰는 방법을 배웠고, 내가 하고 싶었던 이야기들로 책을 쓰기 시작했다. 책을 쓰면서 점점 흥분됐다. 밤을 지새우며 책을 쓰고, 글을 읽는데도 전혀 피곤하거나 지치지 않았다. 오히려 더 행복한 마음으로 업무에 임하게 되고 활력 있게 생활하였다. 하루 수면시간이 다섯 시간도 채 되지 않았지만, 이미 경찰관에서 작가의 모습으로 변해가는 자신을 발견할 수 있었다. 그러한 노력으로 공동 저서의 원고는 이른 시간에 모두 완성되었다. 이 공동저서의 경험은 나를 더 자극했다. 바로 나만의 이름이 찍힌 개인 저서 발간이었다. 개인 저서 발간으로 나를 더 알리고 싶었고, 그 책으로 강연을 하고 싶었다. 그래서 개인 저서를 집필하기로 결정했다. 남편은 그런 나를 이해할 수 없다는 표정으로 바라보았다.

"그냥 공동저서 한 권만 내면 되지. 뭘 또 하려고? 무슨 할 말이 그리 많아?"

"왜? 내가 쓰는 건데? 써 달라고 한 게 아니잖아."

"쓰면 뭐하냐고. 당신 글을 받아주는 출판사가 있어야지!"

"일단 써보고 출판사에 투고해야지! 내가 밤에 잠 덜 자고 쓸게. 걱정 마!"

남편은 그렇지 않아도 피곤해하는 내가 책을 쓰느라 몸이 더 축날까 봐 걱정했다. 그렇지만 나는 내 이름이 들어간 책을 내고 싶은 마음이 간절했다. 자기 이름의 책을 낸다면 얼마나 뜻깊겠는가.

나는 경찰 채용 홍보원정대 활동과 채용 면접관을 하면서 경찰관의 꿈을 가지고 있는 이들에게 도움을 주고 싶었다. 예전의 내가 그랬듯이 그들에게 경찰에 대해 제대로 알려주고 도와주는 안내서가 있으면 좋겠다는 생각이 들었다. 그래서 '경찰'을 나의 첫 번째 책의 주제(concepts)를 정했고, 목차와 집필방안을 정했다. 몇 번의 수정을 통해 주제에 맞는 목차도 완성했다. 그리고 이렇게 경찰관을 꿈꾸는 이들을 위해, 진로 결정에 어려움을 겪고 있는 이들을 위해 에세이를 집필하고 있다. 지금 독자들이 읽고 있는 이 책이 바로 그 책이다. 나의 첫 개인 저서이자, 많은 이들에게 경찰에 대한 동기부여를 해줄 이 책이 나에게 새로운 삶의 의미를 줄 것이다.

스무 살, 원래의 내 꿈은 대학교수였다. 그러나 집안 형편상 어쩔 수 없이 포기해야만 했다. 집안의 경제적 궁핍은 나를 힘들게 했고, 여러 가지 일을 하게 했다. 편의점, 주유소, 갈빗집, 과외 등 돈을 벌기 위한 전쟁을 치르기도 했다. 하지만 그 일은 나에게 안정된 수입을 보장하지 않았다. 대학생이었지만, 돈을 벌어야 한다는 부담감은 나를 괴롭혔다. 13년 전 어느 날, 학교 게시판에 붙어 있던 촌스러운 '순경공개채용' 포스터를 보고 막연히 경찰이 되겠다고 결심했다. 첫 번째 꿈처럼 설레지는 않았지만, 경찰이라는 두 번째 꿈 역시 시간이 흐를수록 간절해지고 가슴도 뛰었다. 어느 누구보다 악착같이 준비했고 한 번의 실패 끝에 경찰관이 되었다. 경찰관으로 힘든 고비도 여러 번 넘겼으며, 결혼해서 워킹맘으로 살아가고 있다. 일과 가정, 육아 등 녹록지 않은 생활 속에서 그래도 나의 능력을 인정받았고, 나를 알릴 수 있는 기회도 잡았다. 그러나 똑같은 일상과 반복되는 삶에서 활력을 찾을 수 없었다. 이를 이겨내기 위해 새로운 것에 도전했다. 그리고 경찰 채용 홍보원정대 일원으로 선발되고 경찰채용 면접관으로 활동하였다. 또 경찰관이 꿈인 이들에게 그리고 진로 결정을 미루고 있는 이들에게 도움을 줄 수 있는 꿈 멘토가 되었다. 경찰관이 되어서 이 모든 것을 해냈다. 강연가가 되겠다는 꿈을 위해 책을 쓸 수 있었고, 경찰생활에서 느끼고 배운 것들을 주제로 또 하나의 책을 쓰고 있는 중이다.

내가 경찰관이 되지 않았다면, 쓸 수 없었던 이야기들. 내게는 주옥 같은 보물들이다. 경찰은 내게 살아갈 수 있는 경제적 여건도 제공해주었지만, 지극히 평범한 내가 여러 경험을 해볼 수 있도록 도와주었다. 어떤 사람들은 나에게 이렇게 묻는다.

"원래부터 이런 거 해왔던 사람 아닌가요?"

"혹시 높은 곳에서 근무하시나요?"

"정말 시골 경찰서에서 근무하는 게 맞나요?"

특별하고, 능력이 뛰어나야만 지금의 나처럼 될 수 있다고 생각하는 사람들에게 나는 이렇게 대답한다.

"저는 시골 경찰서에 근무하는 아주 평범한 대한민국 워킹맘 경찰관 맞습니다. 높은 부서에서 근무하는 것도 아니고, 이런 일을 전문적으로 배운 것도 아닙니다."

나처럼 평범한 사람도 경찰이라는 조직에서 특별해질 수 있다는 것을 알려주고 싶은 게 내 목표이다. 물론 옆에서 기다리고 있는 기회를 제때 잡아야겠지만, 경찰에서는 어느 누구에게나 공평하고 평등한 기회를 제공해 준다. 다만 그 기회를 어떻게 이용하느냐가 중요하다.

나는 그 기회를 잘 잡았다. 그냥 남들과 같은 일상을 살며 일생을 마무리할 수도 있었지만, 나는 항상 새로운 꿈을 꾸고 있다. 내가 일하는 터전에서 새로운 꿈을 꾸고 그 꿈을 이루기 위해 도전한다. 경찰은 충분히 그럴 수 있도록 기회를 제공해 주는 일터이다. 나는 이제, 강사라는 꿈을 이루기 위한 과정을 하나씩 밟아가고 있다. 여기저기서 나의 강의를 들어보겠다며 몰려드는 사람들을 상상해 본다. 그리고 나는 경찰을 꿈꾸는 이들에게 동기부여를 해주는 강사를 소망하고, 꿈이 무엇이었는지 기억조차 나지 않는 이들에게 "할 수 있다."라는 희망을 줄 수 있는 꿈 멘토이자 강연가가 되고 싶다.

서른여섯, 내 인생의 제2막이 시작되었다. 그 꿈은 대한민국 경찰에서 더 커지고 완성될 것이다. 지금의 나를 있게 해준 이곳, 평범한 나를 특별하게 만들어준 대한민국 경찰이 나는 좋다. 내 미친 꿈을 응원해 줄 대한민국 경찰을 사랑한다.

나는 대한민국 최초 동기부여 작가 및 자기계발 작가, 동기부여 강사라는 환상적인 꿈을 꾸는 대한민국 경찰이다. 그 꿈은 반드시 이루어지리라 믿고 있다.

바로 이곳 대한민국 경찰에서.